Alois Brommelhuber

Die Ohrmarke

Ein Krimi aus dem Ländle

Die haarsträubende Erlebnisse eines Amtstierarztes

1. Auflage 2002

Gartenstraße 63, 88212 Ravensburg
Satz und Gestaltung: Verlag Schwäbischer Bauer, Ravensburg
Druck: ROGARD Druck & Medien, 88094 Oberteuringen
ISBN-Nummer: 3-931579-04-2

Herrn ltd. Veterinärdirektor Dr. Reiner R.
von seinen Mitarbeiterinnen und Mitarbeitern
zum Erreichen des Ruhestandes

Inhaltsverzeichnis

Winnetou

Langsam gab die Erde unter ihm nach. Was er als festen Boden angesehen hatte, war nur festgetretener Mist, der sich durch Trocknen und jahrelanges Befahren mit dem Schubkarren zu einer harten, betonähnliche Masse geformt hatte. Mit schmatzenden und gurgelnden Geräuschen kam die braune Brühe seinen hellen italienischen Sommerschuhen immer näher.

Dabei hatte es so harmlos angefangen:

Amtstierarzt Dr. Walter Geitberg wollte eigentlich nur nach Dienstschluss nach Hause fahren. Beim Abschließen seines Büros freute er sich auf einen schönen erholsamen Sommerabend. Der Tag war glühend heiß gewesen. Er wollte noch den Rasen mähen und sich im kühlen Schatten entspannen. Unvorsichtigerweise lief er an der offen stehenden Bürotüre vorbei, hinter der sein Chef, Dr. Reiser, noch arbeitete. Beinahe hätte er es geschafft, ohne Aufsehen vorbeizukommen. Aber in seiner Feierabendlaune schmetterte er noch ein „Ich wünsche einen schönen Abend" hinaus.

Der Chef hob überrascht den Kopf: „Was, Sie sind noch da? Das passt gut, dann können Sie den Kälbertransport in Vossen abfertigen, beim Viehhändler Helber. Das ist für Sie ja nur ein kleiner Umweg, die müssten gerade mit dem Beladen fertig sein." Von wegen, ging es Geitberg durch den Kopf. Der „kleine Umweg" betrug gut zwanzig Kilometer. „Wissen Sie, ich habe noch so viel zu erledigen, da könnten Sie mir die Fahrt doch abnehmen."

Geitberg schaute entgeistert, es fiel ihm keine Ausrede ein. Ohne ein weiteres Wort ging er mürrisch zum Parkplatz. Die Stimmung war am Boden. Die Sonne hatte den Wagen zu einem Glutofen aufgeheizt.

Langsam tuckerte der alte Mercedes die Serpentinen der Hangstraße hinauf. Ein Veterinär muss einen Privatwagen zur Verfügung stellen, lautete die Vorschrift. Die Entschädigung für die Fahrtkosten, die der Staat bezahlte, deckte die tatsächlichen Kosten nicht ab, so dass viele Veterinäre bei ihren Autos genau rechnen mussten. Diesen Wagen hatte er über eine Zeitungsanzeige gebraucht gekauft. Damals war das Fahrzeug schon über zehn Jahre alt gewesen. Bis auf einige kleinere Reparaturen hatte sich der Kauf als richtig erwiesen. Der alte Daimler lief brav und war auffallend billig. Schnell zu fahren oder mit seinem Auto anzugeben lag nicht in der ruhigen Natur des Tierarztes. Geitberg rechnete: Der Umweg alleine würde eine halbe Stunde ausmachen. Das Begutachten der Kälber und das Ausfüllen der Begleitformulare noch einmal so viel. Eigentlich war das nicht so schlimm. Er war ganz andere Zeiten gewöhnt. Wie oft kam er erst nach Hause, wenn die Kinder schon schliefen, oder er musste mitten in der Nacht aufstehen.

Allmählich gefiel ihm die Sommerlandschaft wieder. Er genoss das schöne Allgäu und kam schwungvoll auf dem Hof des Viehhändlers zu stehen. Der riesige Lastwagen stand schon da, daneben die verschwitzten Männer, die ihn vertraut grüßten.

„Na, Herr Doktor, hat es Sie bei der Hitze erwischt? Eigentlich hatte doch Ihr Chef kommen wollen. Wollen Sie etwas trinken? Wir können Ihnen ein kühles Weizenbier anbieten, das wär doch was!“ Geitberg erbat sich für nachher ein Glas Wasser. Er verbiss sich das angebotene Bier, das ihm viel besser geschmeckt hätte. In seinem Beruf konnte er sich keine „Fahne“ leisten. Er wusste aus Erfahrung, dass, wenn er meinte er könne sich ein Bierchen genehmigen, mit untrüglicher Sicherheit irgendeine unpassende Situation folgte in der er einfach nicht nach Alkohol riechen durfte.

So elegant es ihm möglich war kletterte er an dem Tiertransporter herum, um jedes der zweihundert Kälber anzuschauen. Das Fahrzeug bestand aus einer Zugmaschine und einem Auflieger. In drei Etagen übereinander waren die Kälber geladen und es bedurfte einiger Geschicklichkeit, außen an der Seite bis in vier Meter Höhe den Halt nicht zu verlieren. Durch die Seitengitter beobachtete er die Kälber. Wenige Tiere standen noch im hohen Stroh, die meisten hatten sich behaglich niedergelegt und knabberten an Strohhalmen. Eigentlich war diese Kontrolle eine reine Formsache. Die Transporteure waren selbst am meisten daran interessiert gute Ware abzuliefern. Geschwächte oder gar tote Tiere wären vom Empfänger nicht bezahlt worden. Die ständig drohende Verschleppung von Tierseuchen machte es jedoch erforderlich, dass internationale Transporte überprüft wurden. Geitberg turnte bis in sichere Höhe herab, sprang vom Wagen und ging an einen wackeligen Tisch, um die Transportformulare auszufüllen und abzustempeln. Das Glas Wasser war eine Labsal, auch wenn er ständig beim Trinken von Fliegen belästigt wurde.

Zum Glück hatte der Viehhändler die Unterlagen gut vorbereitet. Die Formulare waren zwar umfangreich, er hatte sie aber so oft bearbeitet, dass er in wenigen Minuten fertig war. Noch die Gebühren für die Amtshandlung einkassiert, damit war die Abfertigung – so schnell wie erhofft – erledigt. Endlich schien der Feierabend in greifbare Nähe. Geitberg erhob sich, kramte seine Unterlagen, Stempel und Stift zusammen und verstaute sie sorgfältig in seiner Mappe. Er wollte sich gerade umdrehen und gehen, da schob sich der massige Körper des Viehhändlers unangenehm nahe heran. Der Mann roch nach dem Schweiß eines langen Arbeitstages, untermalt von den Ausdünstungen einiger Biere.

„Herr Doktor, ich hätte da noch was für Sie. Wir waren heute auf einem Hof – also ich sage Ihnen, ich bin ja einiges gewohnt, aber wie das Pferd ausschaut, so etwas haut einen glatt um." Er sah nicht so aus, als wäre er so leicht aus dem Gleichgewicht zu bringen.

„Hm, was gibt's denn da so besonderes?"

„Also da müssen Sie schon selber hin, wie der Gaul dasteht, so was von elend und klapperdürr haben Sie noch nie gesehen."

„Gut, gut" – Geitberg atmete tief durch – „ich werde mir das Tier mal anschauen, aber sicher nicht mehr heute. Wo steht es denn?"

„Kennen Sie die Ortschaft Webersdorf? Wenn Sie da durchfahren kommt links ein Backhäuschen, es sieht eher wie eine Kapelle aus. Da fahren Sie links und hinter dem Hügel kommt rechts an der Straße ein Hof, der fällt schon von weitem auf. Sieht aus wie ein Gerümpellager – können Sie nicht verfehlen." – „Und wie heißen die Leute?"

„Keine Leute, nur eine alte Bäuerin, Walburga Weiler, oder so ähnlich."

Nach einem kräftigen Händedruck durfte Geitberg endlich gehen. Er saß im Auto, ärgerte sich, dass er das Fenster offen gelassen hatte und eine Unmenge Fliegen im Wageninneren herumsummten. Er glühte den Dieselmotor vor, bis er ihn anlassen konnte. Da kam Helber noch mal, man sah ihm an, dass ihm nicht wohl war.

Geitberg sah ihn fragend an, als der Viehhändler mehrmals tief durchatmete: „Eigentlich sollte ich meinen Mund halten, ich hänge ungern einen Kollegen hin, aber ich glaube, Sie sollten das wissen."

Er wurde leise und kam mit seinem Mund nahe an das Ohr des Tierarztes. „Bei meinem Kollegen, Sie wissen schon, dem im Nachbarort nach Norden, ich will ja keine Namen nennen, da läuft eine Riesenschweinerei. Nicht so die kleine Lumperei, die jeder Mal macht. Hören Sie sich mal um, da läuft was. Ich will ja nichts gesagt haben. Und seien Sie vorsichtig, der ist kein Gewöhnlicher, der kann ekelhaft werden. Spitzen Sie mal die Ohren."

Jetzt war Geitberg wieder hellwach, aber Helber war um alles in der Welt nicht herumzukriegen weitere Informationen herauszugeben. So trennte man sich unzufrieden. Der Motor sprang an und Geitberg fuhr vom Hof, umschwirrt von unzähligen Fliegen. Nach einigen hundert Metern fuhr er in den Schatten eines Holundergebüsches auf den Seitenstreifen und überlegte:

„Heim in den Feierabend – oder doch nicht?"

Helber war gut bekannt, ein zuverlässiger Mann, der sein Handwerk verstand. Und kein Schwätzer. Webersdorf lag nicht allzu weit weg, es war in einer Viertelstunde zu erreichen. Der Veterinär liebte seinen Beruf und die Tiere. Der Tierschutz war ihm ein Anliegen, aber auch seine Familie war ihm wichtig. Nun lagen Pflichtbewusstsein und heimstrebender Familienvater im Streit. Der Beruf siegte. Allerdings gab es noch ein Problem: Ursprünglich war der Tag als Arbeitstag im Büro geplant gewesen. Die Hitze war vom Wetterbericht angesagt worden und Geitberg hatte helle Sommerkleider angezogen. Besonders liebte er seine geflochtenen

Schuhe. Sie waren bequem, angenehm zu tragen und unersetzlich, denn er hatte sie beim letzten Urlaub in Italien auf einem wunderschönen Markt nach harten Verhandlungen erstanden. Wahrscheinlich war er von dem Händler trotzdem übers Ohr gehauen worden, aber die Erinnerung war ihm lieb.

Es war sicher unklug, mit solch schmutzempfindlicher Kleidung zu einem Tierschutzfall zu gehen. Aber er hatte keine Lust seine Stallkleidung aus dem Kofferraum zu holen. Er würde einfach aufpassen und bei Pferdeleuten ginge es sowieso sauberer zu als im Rinderstall, beruhigte er sich und fuhr wieder an. Der Weg war ihm ungefähr bekannt, die Beschreibung Helbers eindeutig.

Bald stand der Wagen vor einem kleinen alten Bauernhof. Der Giebel des Daches war eingesunken, einige Ziegel fehlten und der Verputz blätterte ab. Am Eingang hing schräg ein altes Wirtshausschild. „Igel" hatte die Kneipe wohl mal geheißen, die Buchstaben waren vor Rost kaum mehr zu entziffern. Die Fenster waren grau vor Dreck, man konnte nicht mehr hindurchsehen. Zwei Autowracks und ein gerade noch fahrfähiger Renault R4 standen an der Straße. Ein rostiger alter Traktor mit platten Reifen war fast von Brennnesseln und Sträuchern zugewachsen. Die Hinterachse verschwand zum Teil in einem prächtigen Haselnussbusch, der alles überwuchert hatte – wer dieses Fahrzeug bewegen wollte, brauchte erst mal eine Motorsäge.

Unzählige Katzen blinzelten in die Abendsonne, einige Hühner turnten auf verrostenden landwirtschaftlichen Geräten herum. Es wäre eine Idylle gewesen, wenn nicht der unbeschreibliche Dreck und die Unordnung gewesen wären. Ein Spitz kläffte den Besucher an und versteckte sich sofort, als der den Umgang mit Hofhunden gewohnte Veterinär in den Hof ging, ohne ihn zu beachten. Lautes Rufen blieb erfolglos. Niemand antwortete. Vorsichtig stieg er mit hohen Schritten durch Brennnesseln, querte einen verwilderten Ziergarten und umrundete den Hof. Hinter dem Haus war ein riesiger Misthaufen. Seit Jahren war hier wohl nicht mehr Ordnung geschaffen worden. Dank der andauernden Trockenheit war der Boden gut begehbar. Es war leicht an den Spuren auszumalen, dass ein bisschen Regen die Umgebung des Hofes in ein Sumpfgebiet verwandeln würde. Plötzlich stand wie aus dem Boden gewachsen eine kleine alte Frau vor ihm. Er konnte sich nicht erklären, woher sie so schnell gekommen war. Später sollte er noch öfters sehen, dass sie wieselflink durch Türspalten oder kleine Fenster durch den alten Bau huschte.

„Hä, was wollet Sie denn?"

Er betete seinen Standardspruch herunter: Ob er hier richtig sei bei Weiler. Er komme vom Veterinäramt, heiße Dr. Geitberg. Er habe einen Hinweis erhalten und müsse die Pferdehaltung anschauen. Er bitte um Verständnis und so weiter.

Währenddessen hatte er Zeit, die „Dame" genauer zu betrachten: Klein, unbestimmbares Alter. Später stellte sich heraus, dass sie knapp sechzig Jahre alt war. Seit Jahren hatte kein warmes Seifenwasser mehr die Haut berührt. Dreckige, verfilzte Haare, mit Kot besprenkelt. Hände so voll Schmutzrinden, dass die Haut nicht erkennbar war.

Besondere Beschreibung verdiente die Bekleidung: Die nackten Füße steckten in zerrissenen Gummistiefeln. Beim Gehen quoll der Mist ebenso hinein wie hinaus. Die Kleidung war durchgehend zerfetzt, umhüllte sie jedoch vollständig, weil unzählige Schichten übereinander getragen wurden.

Es war offensichtlich, dass sie in den Kleidern schlief und diese seit langem nicht mehr gewechselt hatte. Ein verrunzeltes, ungewaschenes Gesicht, im Mund wenige braune Zähne, aber wache, funkelnde Augen. Mit einem zutiefst misstrauischem Blick murmelte sie kaum verständlich: „Von mir aus" und ging zur Stalltüre voran. „Seien Sie vorsichtig, dass Sie sich nicht schmutzig machen, der Weg ist nicht fest."

Die Bretter der Holztüre waren an den Kanten abgefault, sie hing schief in den Angeln, war aber trotzdem von außen nicht zu öffnen. Frau Weiler kletterte durch ein Fenster und mit Rucken und Ächzen öffnete sie die Stalltüre von innen. Während Geitberg wartete stellte er mit steigendem Entsetzen fest, dass der vermeintlich feste Boden unter ihm nachgab. Es war nur festgefahrener Mist, der auf einem Jauchesee schwamm und sich unter dem Gewicht des Mannes allmählich senkte. Er suchte nach einem festen Griff und wäre gerne auf sicheren Boden gesprungen. Aber kein Halt bot sich an, rund um ihn war nur Brei. Die schönen Schuhe hatten schon einen dunkelbraunen Rand, als er endlich in den Stall konnte.

Beim Gehen merkte er resigniert, dass die Brühe sich bereits den Weg ins Innere seiner Schuhe gebahnt hatte. Veterinäre erkennt man in der Regel an ihren festen Schuhen hatte ihm einmal ein Kollege erklärt, er wusste warum.

Im Stall war zumindest der Boden wieder fest. Wegen der Dunkelheit konnte er zunächst nichts sehen. Erst allmählich gewöhnten sich die Augen an die Dämmerung. Einige Rinder standen angebunden am Futterbarren, einige liefen frei herum, und rechts hinter der Raufe – also wirklich, so etwas hatte er noch nicht gesehen – da war ein Pferd.

Die Farbe konnte er nicht feststellen. Das Tier war klapperdürr und hatte statt des Fells eine abblätternde Krokodilshaut aus Mist. Er ging vorsichtig näher heran, achtete genau darauf, wo er hintrat.

Das Pferd blieb ruhig stehen und ließ sich die Besichtigung gefallen. Beim genaueren Inspizieren stellte er eine kindskopfgroße Wucherung an der Kruppe fest. Eine längst verheilte, schlecht oder gar nicht versorgte Wunde konnte so aussehen. Er betastete die Vorwölbung der Haut. Das Pferd zeigte keine Schmerz– oder Abwehrreaktionen. Daraus war zu schließen, dass die Angelegenheit nicht sofort behoben werden musste.

„Das ist Winnetou, der gehört zum Hof, der ist schon 25 Jahre da, der hat hier das Narrenrecht, der darf alles“, sprudelte die Alte heraus.

War das Tier aus Hunger so dürr, wurde es schlecht gefüttert, fragte sich Walter. Für so ein Alter war der Ernährungszustand nicht ungewöhnlich und das Tier stand vor einem gut gefüllten Heubarren, ohne zu fressen und sah den Besucher mit ruhiger Neugier an. Damit war eindeutig bewiesen, dass das Tier nicht Hunger hatte. Die Wucherung an der Kruppe schien ihm keine

Beschwerden zu machen. Sonst sah das Pferd unauffällig aus, wenn nur der Dreck nicht gewesen wäre.

„Wird der denn nie geputzt?"

„Ach, wissen Sie, der wälzt sich sowieso wieder im Kuhdreck. Der legt sich zum Schlafen zwischen die Rinder, da hat Putzen keinen Sinn. Auf der Weide geht das meiste wieder ab, wenn es trocken ist."

Dr. Geitberg kratzte sich hinter dem Ohr. So konnte man das nicht lassen. Er kündigte einen erneuten Besuch für morgen Vormittag an. Sie solle bis dahin versuchen, das Pferd einigermaßen sauber zu kriegen. Die Reinigungsaktion wurde hoch und heilig versprochen, so bereitwillig, dass der Verdacht aufkam, es würde bei den Versprechungen bleiben.

Geitberg kletterte durch das Fenster ins Freie. Er wollte nicht noch einmal nasse Füße bekommen und atmete tief durch, als er am Wagen war. Endlich ging die Fahrt nach Hause, die Schuhe mussten weggeworfen werden. Am nächsten Morgen legte Dr. Geitberg die Pferdegeschichte seinem Chef vor. Der, ein sonst ruhiger und besonnener Mann, fing zu schimpfen an wie selten, wobei er vor Aufregung in seinen Dialekt fiel:

„Die Weiler, des is a ganz abgeschlagenes Mensch, mit der hab' ich seit Jahren Ärger. Je schneller Sie der die Tiere wegnehmen, umso besser. Übernehmen Sie den Fall, ich will damit nichts mehr zu tun haben ....." Es stellte sich heraus, dass diese Angelegenheit seit über zwölf Jahren die Behörden beschäftigte.

Eine dicke Akte berichtete, dass immer wieder Tiere im Dreck vorgefunden und weggenommen, Bußgelder verhängt und eingetrieben worden waren. Es gab eine Auflage, dass nur sechs Rinder gehalten werden durften. Die Strafen sorgten nur für kurzfristige Besserung. Nach einiger Zeit kehrten die alten Verhältnisse wieder ein. Immer aber waren die Vergehen so gering, dass ein völliges Tierhaltungsverbot einer Überprüfung durch ein Gericht nicht standgehalten hätte. Es galt eine größere Aktion vorzubereiten: Mit dem Wirtschaftskontrolldienst arbeitete das Veterinäramt häufig zusammen. Galt es, Gaststätten zu kontrollieren, Metzgereien zu überprüfen, oder war in vielen anderen Fällen ein amtlicher Zeuge und Helfer vonnöten, immer war Hilfe zur Stelle. Zur Vereinfachung im Alltag wurden nur die Anfangsbuchstaben WKD genannt.

Walter Sterr, ein Beamter vom WKD, erklärte sich bereit mitzugehen. Er schlug vor, nachdem er sich am Telefon die Sachlage hatte schildern lassen, bei diesen Verhältnissen auch noch das Gesundheitsamt hinzu zu ziehen. Dann habe man dies in einem Aufwasch gleich miterledigt. Geitberg hatte Glück. Der Amtsarzt Dr. Filler war kurzfristig verfügbar.

Als nächstes wurde ein Viehhändler Grommer, der schon in früheren Fällen bei Frau Weiler Tiere abtransportiert hatte, gebeten, sich kurzfristig bereit zu halten. Es müssten wahrscheinlich Rinder weggenommen werden. Fotoapparat, Handy, Gummistiefel und Stallkleidung gehörten sowieso zur üblichen Ausrüstung.

Zur vereinbarten Stunde traf man sich auf dem Parkplatz des Veterinäramtes. Nach der Begrüßung wurde die Ausrüstung in den Kofferraum verstaut, dann quetschte man sich in den Zivilwagen der Polizei.

Bei der Anfahrt wurde das Vorgehen besprochen. Sterr kannte die Verhältnisse bereits: Frühere Versuche, dort Ordnung hineinzubringen, waren auch bei ihm erfolglos geblieben. Verwandte hatten sich bemüht, der Bürgermeister war zu einem Gespräch gekommen, Nachbarn wollten die Tiere pflegen. Frau Weiler sagte prinzipiell alles zu, hielt kein Versprechen, und wenn die Helfer kamen, beschimpfte sie sie und jagte sie weg.

Sterr berichtete unterwegs noch eine besondere Geschichte, die kaum zu glauben war:

Frau Weiler musste über eine ungewöhnliche Fingerfertigkeit beim Kunststicken und Reparieren beschädigter Kleidung verfügen. Deshalb arbeitete sie halbtags in einem der besten Modehäuser der nahen Kreisstadt. Die Männer amüsierten sich köstlich bei der Vorstellung, wie die an Parfüm und feine Kleidung gewöhnten Angestellten des Bekleidungshauses auf diese Mischung von Stallgeruch und Altkleidung reagieren würden. Sterr berichtete weiter, dass deshalb ein eigener Arbeitsbereich geschaffen worden war.

Die Stallduft–Wolke machte einen Aufenthalt im selben Raum unmöglich.

Auf dem Hof war alles still. Die Männer riefen – keine Antwort.

Vor dem Betreten des Geländes konnte Dr. Filler nur mühsam überredet werden, sich mit Gummistiefeln und langem Stallmantel zu bewaffnen. Er war von seinen Patienten andere Verhältnisse gewohnt, seine Berufskleidung war weiß. Es fiel ihm sichtlich schwer, die graue Schutzkleidung anzuziehen. Als er aber um die Hausecke bog, sah er die Notwendigkeit ein. Die beiden anderen hatten sich ebenfalls umgezogen.

Der WKD–Beamte interessierte sich zunächst für die Umgebung des Hauses und die dort abgestellten Maschinen und Fahrzeuge. Er war auch für den Umweltschutz zuständig.

Die Türe zum Wohnhaus war nur angelehnt. Auf Klopfen und Rufen kam keine Antwort, Arzt und Tierarzt schoben die Türe auf. Ursprünglich war der Raum, in dem sie standen, die Küche gewesen. Ein Holzherd und ein uralter Spülstein bewiesen dies. Die jetzigen Bewohner waren zwei Rinder, ungefähr ein Jahr alt. In den Akten war vor einem Jahr bereits die Tierhaltung in der Küche verboten worden. Damals waren sie noch kleine Kälber gewesen. Exkremente konnten in dem gefliesten Raum nicht abfließen. So standen die Tiere etwa knöcheltief in einer Mist–Stroh–Jauche – Mischung.

Die Türe zum Wohnzimmer stand weit offen. Nur ein altes verrostetes Eisenteil hinderte die Rinder daran, auch diesen Teil der Wohnung in Besitz zu nehmen. Der Mist war allerdings einige Meter weit in die gute Stube vorgedrungen.

Dr. Geitberg öffnete eine weitere Türe und entdeckt dort die Toilette. Sie bestand nur aus einer hölzernen Sitzfläche mit Loch, ohne Spülung, allerdings bis zur Oberkante mit menschlichen Exkrementen gefüllt. Es drang ihm ein so entsetzlicher Gestank entgegen, dass er würgend ins Freie floh. Er lehnte sich über einen Zaunrest und holte tief Luft. Hinter sich hörte er Dr. Filler fluchen. Die Rinder in der Küche waren aus Angst vor den Fremden in die Ecke geflohen. Auf dem glatten Untergrund rutschten sie aus und hochgeschleuderter Mist hatte den Arzt von Kopf bis Fuß braun gesprenkelt. Sterr, der sich auf dem Gelände umgeschaut hatte, kam neugierig heran, grinste und hob die Kamera, um diesen Zustand festzuhalten.

„Amtliches Dokument – kommt zu den Akten. Haben Sie die Alte gefunden? Nein? – Hoffentlich hat sie sich nichts angetan. Aber ich habe noch was entdeckt." Er wies auf eine halb geschlossene Garagentüre.

Zwischen Gerümpel wie einem alten Herd, einer Waschmaschine, Glasscherben, Gartenstühlen und sonstigem Müll, waren, auch hier im knöcheltiefen Mist, zwei Kälber angebunden.

„Die ihr erlaubte Anzahl von Rindern hat sie bei weitem überschritten. Sechs darf sie halten. Mit denen im Stall sind es dreizehn. Ich rufe den Viehhändler an. Hier hilft nur sofortiges Durchgreifen – sonst passiert wieder gar nichts. Solange sie nur sechs Tiere hat, kann sie sie einigermaßen versorgen."

Geitberg rief die vorher im Handy eingespeicherte Nummer an. „Er kommt gleich – wir müssen ungefähr eine halbe Stunde warten. Schauen wir uns so lange im Stall um. Vielleicht taucht sie noch auf. Ich habe die ganze Zeit das Gefühl, dass sie uns beobachtet. Schließlich waren wir angemeldet. Ich fange schon mal an, die Nummern auf den Ohrmarken der Rinder aufzuschreiben. Wundert mich ja, dass sie ihre Tiere korrekt gekennzeichnet hat."

Sie kletterten durch das Fenster in den Stall. Zwischen ihren Tieren stand Frau Weiler. Ihre Augen waren vor Angst riesengroß. Versuche des Arztes, mit ihr ins Gespräch zu kommen, scheiterten. Er erbat sich offiziell den Zutritt zum Wohnhaus. Sofort stellte sich die Frau mit ausgebreiteten Armen vor eine Türe, die wohl zur Wohnung führte, und schrie: „Niemals, das dulde ich nicht. Ich lasse Sie nicht herein. Das geht Sie gar nichts an. Ist schon schlimm genug, dass Sie mir die Tiere wegnehmen werden – jawohl das werden Sie, aber ins Haus kommen Sie mir nicht."

Begütigend redete der Veterinär auf sie ein: „Lassen Sie Dr. Filler doch ins Haus, er will doch nur sehen, ob man Ihnen helfen kann. Er ist Arzt. Es ist doch zu Ihrem Nutzen." Aber sie gab nicht nach. Danach musste ihr klargemacht werden, dass sie zu viele Tiere hielt, das war ihr bewusst, und dass die Tiere, die sie in der Küche und in der Garage hielt, im Mist sich nicht wohlfühlten. Auch das sah sie ein. Die Kühe im richtigen Stall sahen einigermaßen ordentlich aus. Hier war gemistet worden und sie hatten trockene Liegeflächen.

Inzwischen war der Tiertransporter gekommen und Geitberg erklärte den Männern, dass Frau Weiler so viele Tiere hergeben müsse, bis eine Gesamtzahl von sechs erreicht sei. Grommer, der Viehhändler, fing mit ihr zu Handeln an. Er war Fachmann und konnte ihr erklären, warum es geschickt sei, jetzt dieses oder jenes Tier zu verkaufen. Die drei Beamten setzen sich inzwischen auf ein Autowrack und beobachteten den Handel. Ab und zu brauchte es eine Ermahnung, folgsam zu sein. Denn die Frau fand bei jedem Tier Gründe, warum sie gerade dieses nicht hergeben konnte.

Auch der Polizist bemühte sich. Es war fast rührend wie Sterr, ein Riese mit fast zwei Metern Körpergröße und breiten Schultern, der kleinen Frau zuredete. Am Schluss gab es bei zwei Tieren eine Einigung, dann wurde es dem Händler zu dumm. Er rechnete, gab der Frau einen Scheck und begann, mit seinem Helfer, einige Tiere zu verladen. Die zwei Viehhändler konnten mit Tieren umgehen, die anderen drei halfen bei Bedarf. Wo noch nicht vorhanden, wurden Strickhalfter angelegt. Die Tiere folgten ohne Schwierigkeiten auf den Wagen. Frau Weiler weigerte sich zu helfen. Wenn ein Tier aus dem Stall geführt wurde, hängte sie sich an den Hals des Rindes, ließ sich mitziehen und heulte so laut, dass Nachbarn gelaufen kamen. Der Veterinär erklärte ihnen die Situation, alle hatten betretene Gesichter.

Bald war der Wagen geladen und der Viehhändler fragte, ob er fahren könne. Man tauschte die üblichen Sprüche aus wie „das macht keinen Spaß, aber muss wohl so sein, ...es ist besser so, ...bis zum nächsten Mal." Der Begleiter des Händlers zögerte noch. Er war Dr. Geitberg seit langem bekannt. Ein älterer Bauer, abgearbeitet, klein, gebückt, von einem kleinen Hof. Der Hofname lautete „Dopferjodler", ein für diese Gegend ungewohnter

Ausdruck, niemand wusste, woher er kam. Alle nannten den Bauern so, die wenigsten hätten seinen richtigen Namen gewusst. Der Bauer war während der letzten Stunden ein paar Mal zu den Beamten gekommen. Er sprach belanglose Dinge an. Man hatte aber den Eindruck, dass er zwar noch etwas Wichtiges sagen wollte, aber nie recht zur Sache kam. „Was ist denn, Dopferjodler, hast Sorgen? Irgendwas drückt Dich doch?"

Der zog aus der Tasche eine Rinderohrmarke. Die habe er gerade gefunden. Die habe wohl ein Rind verloren, Geitberg steckte die gelbe Plastikmarke gedankenlos ein. Die Tiere hatten in jedem Ohr gleichlautende Marken, da konnte man eine verloren gegangene leicht ersetzen. Die Identität der Tiere blieb sicher. Der Dopferjodler schaute aber so bedrückt aus, dass Geitberg sich vornahm, demnächst auf dem kleinen Hof vorbeizuschauen.

Als der Lastwagen abgefahren war, hörte man Frau Weiler weinen. Die Beamten versuchten sie zu beruhigen, was auch gelang.

Nun musste aber noch ein Problem gelöst werden: Winnetou. Er hatte den ganzen Vorgang beobachtet, war auch ein paar Mal zum Stall hinaus und hinein gelaufen. Beim Tageslicht konnte man erst richtig sehen, was für ein Jammerbild er bot. Geputzt war er seit gestern nicht geworden.

„Dafür bräuchte ich ja warmes Wasser, wo soll ich soviel hernehmen?"

Dr. Geitberg macht ihr den Vorschlag, das Pferd an einen anderen Ort zu bringen, wo es sein Gnadenbrot bekommen würde. Er telefonierte mit einer reichen Tierschützerin, die ihm bereits mehrmals geholfen hatte, bekam von dort Unterstützung zugesagt und bot an, das Pferd für eintausend Mark zu kaufen. Schon oft hatte ihm die Geldgier der Tierbesitzer die Möglichkeit gegeben, Tiere gut unterzubringen. Hier wirkte es nicht. Frau Weiler war starrsinnig wie ein Esel.

„Winnetou bleibt hier. Der ist von Kind auf da. Der kann ohne die Rinder nicht leben. Der gehört zum Hof. Eher lasse ich ihn einschläfern. Sonst bringe ich mich auch noch um." Der Veterinär und die Alte redeten sich heiß. Am Schluss schrieen sie sich an. Das Weib kreischte, dass es vom Wald her widerhallte.

Ein junges Mädchen, vielleicht sechzehn Jahre alt, das bisher zugeschaut hatte, kam näher. Ob sie helfen könne? Sie erklärte, sie möge Pferde, habe selber welche und sei bereit, Winnetou regelmäßig zu putzen und die nächste Zeit für ihn zu sorgen. Erleichtert, dass man einen Ausweg gefunden hatte, wurden ihre Personalien notiert.

Der Vormittag war vorbei, als die drei Männer wieder auf der Dienststelle ankamen. Dr. Filler zog sich zurück, nachdem ihm versprochen wurde, er bekäme eine Niederschrift der Vorfälle. Er war der Meinung, dass die Alte sich noch selbst versorgen könne. Eine Einweisung in ein Heim sei noch nicht erforderlich.

Der Veterinär und der Polizist überlegten das weitere Vorgehen. Bei den Rindern sah man keine Probleme. Ob der Pferdefall geklärt sei, bezweifelten die beiden. Auf jeden Fall wollte man Anzeige erstatten, und bei Bedarf könne man das Pferd immer noch wegnehmen.

„Nur wird es nicht so leicht sein, dem Gericht klarzumachen, dass ein Tier, das unter dem Dreck leidet, fünfundzwanzig Jahre alt wird und freiwillig in den Stall läuft." Dr. Geitberg hatte einschlägige Erfahrungen hinter sich. Grobe und gröbste Tierquälereien wurden oft von den Gerichten eingestellt oder gegen Kleinbeträge beendet, weil es ihm nicht gelungen war, den Richter vom Leiden der Tiere zu überzeugen. Leiden kann man nicht wie Stundenkilometer oder Alkoholpromille messen.

Den geplanten Besuch beim Dopferjodler hatte Dr. Geitberg vergessen. Später würde er das bereuen. Die Tagesarbeit forderte ihren Raum. Eigentlich wollte er ein, zwei Tage später noch mal nach Winnetou schauen, aber er kam nicht mehr in diese Gegend.

Nach etwa vierzehn Tagen, es war an einem Freitagnachmittag, klingelte das Telefon auf seinem Schreibtisch. Auf der anderen Seite war eine Frau, die hochgradig erregt war. Sie kreischte, dass sich ihre Stimme überschlug. Geitberg kannte sie und wusste, dass sie oft den Bezug zur Realität verlor. Darum ärgerte es ihn nicht besonders, als sie ihn beschimpfte, für faul und uninteressiert erklärte, die Presse einschalten wolle und mit wilden Drohungen endete. Allmählich ging ihr die Luft aus und es war ihm möglich sie zu fragen, um was es sich denn eigentlich handle. Sie hatte Winnetou entdeckt und war von Frau Weiler mit Schimpfwörtern bedacht worden, als sie unerlaubt in den Stall eindrang. Dr. Geitberg versprach, nach dem Fall zu sehen.

Zum Glück hatte Sterr auch noch Dienst und beide fuhren nach Webersdorf. Winnetou stand an seinem alten Platz und strotzte immer noch vor Dreck, als die Männer durch das Fenster in den Stall kletterten. Frau Weiler war nicht da. Es hatte schon einige Tage lang geregnet. Die Umgebung des Hauses hatte sich in einen Morast verwandelt, der fast bis an die Oberkante der Gummistiefel reichte.

Warum hatte die Pflegschaft durch die junge Nachbarin nicht funktioniert? Die Männer suchten den anderen Hof, der einige hundert Meter entfernt lag. Alles war dort sauber und ordentlich. Das Mädchen war nicht da, aber die Mutter wusste Bescheid. Die Tochter habe das Pferd schon putzen wollen, aber die Alte habe sie vom Hof gejagt.

„Den Zustand können wir nicht so lassen. Jetzt bleibt uns keine Wahl, wir müssen ihr das Pferd wegnehmen."

Unverrichteter Dinge, aber mit schmutzigen Stiefeln, fuhren sie mit diesem Entschluss zurück.

Das Wochenende über fühlte Geitberg sich nicht wohl. Er war ein gutmütiger Mensch, der sich zwar dem Tierschutz verpflichtet sah, aber darüber – im Gegenteil zu manchen anderen Tierschützern – den Menschen nicht vergaß. Er wusste, was die Wegnahme von Winnetou für seine Besitzerin bedeuten würde und er erinnerte sich an ihre Drohung. Ob er mit einem Selbstmord rechnen musste? Er sah schon die Pressenotiz vor sich: „Veterinäramt treibt alte Bäuerin in den Selbstmord".

Am Montagvormittag war es soweit. Es war ein kühler, bedeckter Tag mit einem Wind, der warme Kleidung forderte. Ein Wetter, das einen frösteln machte. Es passte zu Geitbergs Stimmung. Er mochte solche Gewaltakte nicht. Die Vorarbeiten waren bald erledigt, die behördliche Anordnung war geschrieben. Ein Pferdetransporter wurde zum Hof bestellt. Einen Platz auf einem Pferdehof, auf dem er Winnetou unterbringen konnte, fand er bald.

Dr. Filler vom Gesundheitsamt hatte am Telefon erklärt, mit einer Kurzschlusshandlung von Frau Weiler rechne er nicht, solange noch die Rinder da wären. Sie würde diese Tiere nicht im Stich lassen. Er habe aber keine Zeit und Lust mitzukommen. Sterr und eine Polizistin holten den Veterinär ab. Die Beamtin fuhr mit, um, wenn es notwendig würde, Frau Weiler festzuhalten. Während der Fahrt wurde kaum gesprochen. Die Polizistin war informiert worden, was auf sie zukam.

Als sie ankamen, war der Pferdetransporter schon da. Die Fahrerin saß hinter dem Steuer, nickte ihnen zu und erklärte, sie würde aussteigen, wenn sie gebraucht würde.

Auf dem Hof hatte sich nichts verändert. Höchstens der Morast war etwas höher geworden, es hatte das Wochenende über ständig geregnet. Schon bei ihrer Ankunft stand Frau Weiler vor ihrem Stall. Sie ließ die Beamten ohne ein Wort in den Stall klettern. Auf den höflichen Gruß hatte sie nicht geantwortet. Winnetou's Oberfläche ähnelte nach wie vor mehr einem braunschwarzen Panzer als einem Fell.

Geitberg erklärte ihr, dass er jetzt keinen Spielraum mehr habe und Winnetou an einen Platz bringen würde, wo es ihm besser gehen würde. Als er ihr die Wegnahme–Anordnung überreichen wollte, nahm sie das Dokument nicht in die Hände und weigerte sich, das Blatt auch nur anzusehen. Sie regte sich ungeheuer auf, plärrte, betete, rief Gott und die Jungfrau Maria zu Hilfe und wollte sich vor den Beamten niederknien.

„Herr Doktor, Herr Doktor, nur das nicht. Das können Sie mir nicht antun. Winnetou ist mein Kind, er gehört zum Hof. Herr Doktor, Herr Doktor."

Sie schrie gellend, weinte und klammerte sich an den Veterinär, der das Schreiben aufs Fensterbrett legte. Es war entsetzlich.

„Ich will alles tun was sie wollen.“

Geitberg, dem die Angelegenheit äußerst unangenehm war, wand sich. Es ekelte ihn vor den Berührungen der alten Bäuerin. Gab es nicht noch eine menschliche Lösung?

„Also gut, ich gebe ihnen eine letzte Chance, eine alleraller-letzte Chance: Winnetou bekommt einen Verschlag, in dem trocken eingestreut ist, damit er sich nicht mehr in Kuhmist wälzen kann. Er wird täglich geputzt. Wird das klappen?“

„Herr Doktor, Herr Doktor, ich versprech' es Ihnen bei der Jungfrau Maria.“

Ein Nachbar, den der Lärm angelockt hatte, und der schon einige Zeit herumstand, kam näher: „Ich könnte helfen, wenn Du das willst, Crescencia. Ich kann Deinem Pferd eine Box machen, da drüben hast Du ja noch Stangenholz, das könnte ich nehmen. Schauen wir uns mal an, was man machen kann.“

Erfreut winkte ihn die Alte in den Stall und gemeinsam besprach man, wo und wie eine Pferdebox eingebaut werden konnte. Wenn Winnetou in seinem Verschlag blieb, ordentlich eingestreut und der Mist herausgeräumt wurde, konnte er sein Fell nicht mehr so schmutzig machen. Dazu regelmäßiges Putzen. Dann würde er wieder ein richtiges trockenes Fell bekommen.

„Aber die Box wird heute noch fertig gemacht, ich kann nicht mehr länger warten!“ drohte Geitberg.

Der Nachbar versprach, gleich anzufangen. Der Pferdetransporter wurde wieder entlassen. Die Fahrerin war sichtlich erleichtert, dass sie nicht gebraucht worden war. Die Stiefel stellten die Beamten ohne Reinigung in eine Wanne im Kofferraum, sie wollten keine Minute länger als notwendig auf dem Betrieb bleiben. Immer noch das Geschrei der Frau in den Ohren, fuhren sie im Polizeiwagen bedrückt zurück.

„Was ist uns wichtiger, der Menschen– oder der Tierschutz?“ fragte Sterr.

Er werde für den Tierschutz bezahlt, antwortete der Veterinär, aber manchmal kotze es ihn an. Anzeigen würde er die Frau auf jeden Fall. Die Polizistin sagte gar nichts. Sie war noch jung, offensichtlich bedrückte auch sie die Angelegenheit.

Nach einer Woche schaute Geitberg noch einmal nach dem Fall. Tatsächlich war das Fell von Winnetou zu sehen. Die Mistrinden waren weitgehend abgefallen oder weggebürstet, er stand in einem mit reichlich Stroh eingestreuten, neugezimmerten Verschlag. Soweit war die Sache in Ordnung, aber Dr. Geitberg wusste, dass das nicht der letzte Besuch bei Frau Weiler war.

Die Anzeige wegen Tierquälerei wurde von einer Staatsanwältin zurückgewiesen. Für die Einleitung eines Verfahrens sei der Beweis erforderlich, dass Frau Weiler dem Tier erhebliche Leiden zugefügt habe. Es sei aber nicht sicher, dass Winnetou durch sein nasses Fell gelitten habe, da die Beobachtungen nur vierzehn Tage auseinander liegen würden. Der Veterinär schimpfte und überlegte sich, ob er die Staatsanwältin anrufen und fragen sollte, wie lange sie nasse Kleider tragen könne bis sie leide.

Tierarzneimittel

Streng geheim – Illegaler Einsatz von Tierarzneimitteln. So war Dr. Geitberg die Angelegenheit vorab vorgestellt worden. In der Presse hatte es seit Monaten rumort. Tierarzneimittelskandale kamen immer wieder mal vor. Vor Jahren gab es einen Kälberskandal mit Hormonen, später weitere mit verschiedenen anderen Medikamenten. War es mal wieder so weit, mussten die Veterinäre hocheilig Proben von Tieren ziehen. Die Ergebnisse der – ach so dringenden – Untersuchung wurden ihnen dann nach einem halben Jahr oder noch später mitgeteilt. In Geitbergs Landkreis spielte diese Problematik keine große Rolle, da überwiegend Milchvieh gehalten wurde und der groß angelegte Missbrauch von Tierarzneimitteln sich nur bei Massentierhaltungen lohnt.

Eigentlich wurden ja ständig Untersuchungen durchgeführt. Aber wenn ein Rauschen durch den Blätterwald ging, mussten die Veterinäre sofort ausschwärmen und Kontrollen durchführen. Die Politik wollte eben schnellstmöglich Aktivitäten mitteilen können.

Diesmal war es anders. Das Landeskriminalamt legte vierzehn Tage vorher einen Termin fest. Am fünfzehnten des Monats sollte sich Geitberg um sieben Uhr morgens auf der Polizeiwache in A. einfinden. Der Name des Betriebes wurde geheim gehalten.

„Arzneimittelüberwachung auf einem Schweinebetrieb, die Staatsanwaltschaft habe die Leitung, mehr könne man aus Sicherheitsgründen leider nicht mitteilen."

Am fünfzehnten, einem grauen Morgen, fuhr Geitberg früh los. Er hasste es zu spät zu kommen. Der Kofferraum war voll mit Röhrchen, Nadeln und sonstigem Zubehör zur Blutprobenentnahme. Es regnete leicht und war unangenehm kühl. Ärgerlich war, wie ihm unterwegs einfiel, dass er die Ohrenschützer vergessen hatte. Schweine, die gefesselt werden, schreien wie am Spieß. Diesen Lärm den ganzen Tag auszuhalten bedeutete für ihn starke Kopfschmerzen. Er fuhr nach der Landkarte, und hielt mehrmals an, um den Weg zu studieren. Ohne Irrfahrten erreichte er sein Ziel. Im Ort musste er suchen, bis er zur frühen Stunde eine Frau aus einer Bäckerei kommen sah. Er fragte die Passantin nach der Polizeiwache, was ihm einen neugierigen Blick einbrachte.

Er war wie geplant eine Viertelstunde zu früh da. So hatte er noch Zeit, in der mitgebrachten Tageszeitung zu lesen. Danach betrat er pünktlich auf die Minute den Hof des Polizeigebäudes. Viele grüne Fahrzeuge standen herum. Der Parkplatz war voll. Einige Mannschaftswagen parkten am Straßenrand.

In der Dienststelle leitete man ihn in den Besprechungsraum. Der die Aktion leitende Beamte fragte die Anwesenheitsliste ab. Geitberg war verblüfft, welch ein Aufwand getrieben wurde. Zwanzig Beamte und Beamtinnen in Uniform von der Bereitschaftspolizei, zusätzlich fünf Mann von der Hundestaffel. Diese sollten den Hofhund „ausschalten". Später stellte sich heraus, dass es auf dem Hof gar keinen Hund gab.

Die Männer, die Zivilkleidung trugen, kamen vom Wirtschaftskontrolldienst oder von der Kriminalpolizei. Ein Spurensicherungsteam mit Videokamera war auch da. Als dann noch mitgeteilt wurde, dass in der Nähe ein Polizeihubschrauber wartete, der schon am Abend vorher eingeflogen war, und ein weiterer Helikopter auf einem Flugplatz in der Nähe zur Verfügung stand, wurde es Geitberg unbehaglich. Er kam sich vor wie in einem Fernsehkrimi und hielt die Sache für völlig übertrieben.

Der Einsatzplan wurde noch einmal durchgegangen. Dann fuhr man in großer Kolonne, wenigstens ohne Blaulicht und Martinshorn, durch einige Wälder zu dem Einzelhof, der frei auf einem Hügel lag.

Polizisten verteilten sich weiträumig auf dem Gelände. Sie hatten Anordnung, die Stallungen selbst nicht zu betreten. Man wollte den Viehbestand vor der Einschleppung von Tierseuchen schützen, eine Vorsichtsmaßnahme, die sich bei der später aufziehenden Maul- und Klauenseuche rechtfertigen sollte.

Bauer und Bäuerin, Ehepaar Hocker, waren überrascht, erklärten sich aber zur Mithilfe bereit, als ihnen der Staatsanwalt den Hausdurchsuchungsbefehl unter die Nase hielt. Die Kinder waren in der Schule. Der Opa, ein gebückter, abgearbeiteter kleiner Mann, der sich auf einen Stock stützen musste, regte sich fürchterlich auf. Es sei eine Schande, dass redliche Bürger wie Schwerverbrecher behandelt würden. Er zahle regelmäßig seine Steuern. Nachdem er seinen Dampf abgelassen hatte und man ihm gütlich zugeredet hatte, beruhigte er sich wieder. Ein Teil der Beamten durchsuchte das Wohnhaus. Geitberg und drei Begleiter gingen über den Hof in den Stall. Der Bauer zeigte einen normalen, großen Rindviehbestand. Die angekündigten Schweine waren gar nicht vorhanden. Zuerst begutachtete Geitberg die Kuhherde. Es gab nichts auszusetzen.

Dann suchte man nach Arzneimitteln. In einer Kiste in der Milchkammer und auf den Fensterbrettern wurde man fündig. Die Menge der hier vorgefundenen Arzneimittel hielt sich in dem Rahmen, der für einen solchen Bestand erforderlich war. Wie in vielen anderen Betrieben kümmerte sich der Bauer aber nicht richtig um die Medikamente. An den zwei Stellen lagen, halb vom Schmutz begraben, Flaschen, Pulverschachteln, Dosen und Spritzen im Dreck. Geitberg musste immer wieder bei seinen Kontrollen staunen, wie unbekümmert manche Landwirte mit den Arzneien für ihre Tiere umgehen. Ein Kilo-Sack mit teurem Antibiotikum-Pulver gegen Kälberdurchfall war durch die feuchte Stallluft zu einem steinharten gelben Block geworden. Als das Mindesthaltbarkeitsdatum entziffert werden sollte war das nicht möglich, da sich das Papier an dieser Stelle schon aufgelöst hatte. Das Medikament war unbrauchbar. Da vergammelten einige hundert Mark. Aber das war nicht Geitbergs Problem.

Hier war kein Verdacht auf kriminelles Handeln und Geitberg und seine Begleiter gingen wieder auf den Hof hinaus. Sie wurden schon erwartet. Der Staatsanwalt forderte sie im Wohnhaus an.

Im Keller des Wohnhauses hatten andere Beamte einen größeren Vorrat an neuen Medikamenten gefunden. Es war schwer zu glauben, wie der Bauer behauptete, dass so viel allein für den Eigenbedarf nötig war. Er konnte auch die vorgeschriebenen Begleitpapiere nicht vorweisen. Für jedes Medikament, das ein Tierarzt abgibt, muss ein so genannter Abgabebeleg ausgestellt werden. Und genau diese Angaben fehlten. Offensichtlich handelte es sich um ein Lager, das nicht für den eigenen Betrieb bestimmt war. Die Packungen wurden beschlagnahmt, die Unterlagen der Betriebsbuchhaltung ebenfalls.

Der Staatsanwalt nahm den Veterinär beiseite: „Finden werden wir auf jeden Fall etwas, dafür stehen unsere Buchprüfer immer gut. Und wenn er nur wegen Steuerhinterziehung dran ist." Er erzählte von einem bayrischen Tierarzt, den man wegen Arzneimittelmissbrauches überprüft hatte. Bei den Medikamenten hatte man ihm nichts nachweisen können. Bestraft wurde er, weil er lange Jahre ohne Führerschein gefahren war.

Dem Staatsanwalt war gar nicht wichtig, für welches Vergehen der Mann in das Gefängnis musste. Ihm genügte es, wenn er den Delinquenten bestrafen konnte. Über den Fall war übrigens auch in den Zeitungen berichtet worden.

Nun wollte der Staatsanwalt wissen, ob der Veterinär schon Proben genommen habe. Dieses Thema war Geitberg lieber, das war sein Sachgebiet, die Feinheiten der Strafverfolgung lagen ihm nicht so am Herzen. Bisher war sich der Veterinär weitgehend überflüssig vorgekommen. Sie diskutierten, was wohl sinnvoll sei. Da keine Schweine auf dem Hof seien, einigten sie sich darauf Kälber zu beproben.

Der Nachweis von Medikamenten erfolgt am lebenden Tier durch die Untersuchung von Harn– und Blutproben. Von Schweinen war natürlich nichts zu holen. Auch von den Kälbern erwartete man sich keine auffallenden Ergebnisse: Die weiblichen wuchsen hier auf und kamen später zur Milchviehherde. Die männlichen wurden im Alter von zwei Monaten zur Mast verkauft.

In beiden Fällen lohnte sich der Missbrauch von Medikamenten nicht. Kühe zu untersuchen war auch nicht sinnvoll. Die Milch wurde dreimal monatlich von der Molkerei überprüft. Wären hier unerlaubte Substanzen nachgewiesen worden – solch ein Fehler wäre dem Landwirt allein durch den Milchgeldabzug teuer zu stehen gekommen.

Nach Meinung des Veterinärs dürfte Milch das am besten untersuchte Lebensmittel überhaupt sein. Andererseits wolle man, wenn man jetzt schon da sei, auch Beweismaterial sichern und deshalb seien Proben erforderlich.

Dr. Geitberg erbat sich zwei Helfer, die mit Tieren umgehen konnten. Sie zogen sich tiefgrüne Einmal–Overalls aus reißfestem Papier an. Er hätte auch normale Stallkleidung dabei gehabt. Aber er wollte bei solchem Anlass gut aussehen.

Die Kälber waren in einem Stall untergebracht, der neben Ruhebereichen, die mit Stroh eingestreut waren und wo die Kälber lagen, auch eine Fläche mit Spaltenboden hatte. Dieser Spaltenboden war heute wegen der Polizeiaktion noch nicht gereinigt worden und mit dünnflüssigem, gelbem Kälberdung überzogen.

In der Mitte des Raumes hing eine Klimaanlage von der Decke. Damit das Kondenswasser nicht auf das Fell der Kälber tropfen konnte, pendelte zum Auffangen der Tropfen unter dem Gerät an einem primitiven Haken ein Eimer, der regelmäßig geleert werden musste. Die Kälber liefen frei in ihrem Bereich herum. Die Männer mussten sich erst fünf Kälber in der Größe von Bernhardinern fangen. Es ging leicht, die Tiere waren den Umgang mit Menschen gewohnt und ließen sich leicht greifen.

Als alle sicher mit einem Kopfhalfter angebunden waren, wurden von jedem Tier aus der Vene zwei Fläschchen mit Blut gefüllt. Danach bekamen Sie durch dieselbe Nadel ein Medikament injiziert, das die Harnproduktion anregt. Nun war Warten angesagt.

„Das Labor braucht eben Blut und Harn für seine Untersuchungen. Das Blut haben wir. Jetzt müssen wir geduldig warten, bis sie Harn lassen. Aber die Tiere nicht aus den Augen lassen. Wenn wir schlafen war alles umsonst. Und nicht schnell bewegen, sonst erschrecken sie und geben den Urin nicht her. Das ist jetzt eine der dümmsten Beschäftigungen für den Veterinär. Dastehen, warten, bis eines den Schwanz hebt. Spätestens in einer halben Stunde ist es passiert.“

Die drei Männer standen ruhig hinter den Tieren und langweilten sich, jeder hatte Plastiktöpfchen zum Auffangen des Urins in der Hand. Und sie ließen kein Auge vom Hinterteil der Kälber.

Halblaut erzählten Sie sich zum Zeitvertreib Geschichten: Geitberg berichtete von seinen Schwierigkeiten, bei Schweinen Harn aufzufangen. Er hatte sich eine Patentlösung ausgedacht. Beim Schlachten wollte er zuerst das Blut auffangen, dann mit einer Kanüle den Restharn aus der Blase ziehen. Da ist immer noch was drin, hatte ihm ein Kollege erklärt.

An einem Montag, um vier Uhr morgens, in dunkler Nacht, stand Geitberg in einer Metzgerei, von Kopf bis Fuß in Weiß gekleidet. Dem Chef des Hauses hatte er Bescheid gesagt. Die Angestellten beobachteten ihn misstrauisch.

Ein Veterinär ist in der Metzgerei immer für Ärger gut, denn er ist für die Einhaltung der Hygiene verantwortlich und viele der Metzger hatten seinetwegen schon Bußgelder bezahlt. Als er anfing, an den betäubten und frisch gestochenen Tieren Blut in seinen Röhrchen aufzufangen und ihnen dabei im Weg stand, ließen sich die Männer nur unwillig in ihrem Arbeitsablauf stören. Montagmorgen waren sie sowieso schlecht gelaunt.

Nach der zweiten Sau passierte es: Das Tier, aus dem im Hängen das Blut spritzte, drehte sich plötzlich am Haken. Der Tierarzt, der sich gerade über seine Gerätschaften bückte, wurde am Rücken bis auf die Haut mit Blut getränkt. Wie sie es bewerkstelligt hatten, konnte Geitberg nicht feststellen. Niemand schien etwas zu bemerken, alle Männer blickten auf ihre Arbeit, aber die vorher verkniffenen Mienen waren merklich gelöster.

Nun ging es zu dem Arbeitsplatz, an dem die Innereien entnommen wurden. Ein Metzger legte den Bauchinhalt eines Schweines auf einen Tisch. Geitberg steckte die Nadel in die Blase, aber das Absaugen der Flüssigkeit stellte sich als unmöglich heraus: Das Tier und keines der nachfolgenden hatte auch nur noch eine Spur von Urin in der Blase. Wie war das möglich?

Er packte seine Utensilien zusammen und zog unverrichteter Dinge ab. Die Männer grinsten schadenfroh. Am Ausgang fand er den Bauern, der die Tiere gebracht hatte und noch mit dem Metzger um den Preis handelte.

„Sind Sie fertig, händ Se alles, wo Se brauchet?“

Nein, es habe nicht funktioniert, er stünde vor einem Rätsel. Der Landwirt konnte es ihm erklären. Auf Wunsch des Metzgers drehe er immer am Sonntagabend den Schweinen nach der Abendfütterung das Wasser ab. Der wolle das so. Da sei es kein Wunder, wenn die Tiere nach einer durstigen Nacht eine leere Blase hätten. Der Veterinär war nicht in guter Stimmung, als er im Morgengrauen auf die Dienststelle kam, um dort zu duschen und die Kleidung zu wechseln.

Diese Erzählung wurde mit verständnisvollem Nicken bestätigt. Jeder der Anwesenden konnte mitfühlen. Der WKD–Beamte hatte von einer anderen Art von Probennahme zu erzählen:

Das Lebensmittelgesetz bezieht auch die so genannten Bedarfsgegegenstände mit ein. Das sind Dinge, die mit dem Menschen in Kontakt kommen, wie Kleidung, Schmuck oder ähnliches.

Der WKD wird nicht nur losgeschickt, um Lebensmittelproben ziehen. Gelegentlich bekommt er auch den Auftrag, Bedarfsgegenstände in den Geschäften zu holen, um sie ins Labor zur Überprüfung auf Gesundheitsschädlichkeit zu bringen. Dass billige Schmuckstücke auf der Haut allergische Reaktionen auslösen können, war bekannt. Diesmal lautete die Anforderung:

„Holen sie Genitalschmuck zur Überprüfung auf Hautverträglichkeit!"

Bei den Beamten war Ratlosigkeit angesagt. Wo zum Kuckuck sollten sie in der ländlichen Gegend so etwas auftreiben? Sexshops oder Apotheken führten die Stücke nicht, ergab eine Telefonumfrage. Studios, die Tätowierungen oder Piercing ausführten, konnte man auch nicht vorweisen. Die gab es höchstens in der hundert Kilometer entfernten Großstadt.

Plötzlich hatte einer eine Idee. Ohne den anderen Bescheid zu sagen, fuhr er weg. Als er nach einer Weile wieder kam hatte er einige Stahlringe von ungefähr acht Zentimeter Durchmesser und einem Zentimeter Dicke dabei. Was war das denn? Er war zum Landhandel gefahren und hatte von seinem Geld Bullen–Nasenringe gekauft. Wenn Bullen gefährlich werden, zieht ihnen der Tierarzt unter einer leichten Narkose einen Stahlring in die Nasenscheidewand ein. Wenn diese geringfügige Wunde verheilt ist, kann man mit einem Führstab, in den der Ring eingehakt wird, das Tier führen. Die Nase ist sehr empfindlich. Auch bösartige Bullen lassen sich so einigermaßen sicher beherrschen. Genau diese Ringe hatte der Kollege gekauft. Vergnügt wurde ein amtlicher Untersuchungsantrag für Genitalschmuck nach allen Regeln der Kunst ausgefüllt und das Päckchen abgesandt. Wie würde das Labor reagieren?

Nach einer Woche kam schon die Antwort der Lebensmittelchemikerin. Ein ebenso fachgerecht geschriebener Befund: Die Untersuchung habe ergeben, dass von den Ringen in bedenklichem Maße Nickel und Chrom abgegeben würden. Für einen Bedarfsgegenstand, der von Menschen getragen würde, wären zwar sämtliche zulässigen Grenzen überschritten. Es würde jedoch auf eine Strafverfolgung verzichtet. Wer nämlich in der Lage sei, derartigen großkalibrigen Genitalschmuck zu tragen, der sei auch robust genug, die Menge von Nickel und Chrom auszuhalten. Allgemeines Gelächter folgte dieser unglaublichen Geschichte.

Beinahe alle Kälber hatten inzwischen ihren Harn abgesetzt. Die Behältnisse waren gefüllt und beschriftet. Die halbe Stunde war fast um. Nur ein Tier ließ sich Zeit. Plötzlich fing es zu zappeln an. Es gelang dem Kalb, das Halfter abzustreifen. Zwei Bocksprünge und es stand frei im Stall. Jede Minute musste der Urin kommen. Das Tier würde sicher nicht stehen bleiben, wenn jemand hinter es treten würde.

Geitberg steckte sein Töpfchen in die Tasche und versuchte das Tier festzuhalten. Er packte das Kalb an den Ohren, etwas anderes war nicht möglich, und rief nach einem Strick, um es wieder anzubinden. Dem Tier war der Griff unangenehm und es galoppierte los. Normalerweise wäre Geitberg in der Lage gewesen, es mit einem Untergriff um den Hals festzuhalten. Leider fand er auf dem feuchten, nassen Boden keinen Halt und musste um sein Gleichgewicht kämpfen. Er hatte der Vorwärtsbewegung des Tieres nichts entgegenzusetzen und so fuhr er, wie beim Wasserskifahren, durch den Stall. Seine Schuhe warfen richtige Bugwellen wie bei einem Motorboot. In der Mitte des Raumes wartete in Kopfhöhe der Tropfwassereimer, den er nicht sah, weil er verzweifelt auf das Kalb achtete. Er wollte es um keinen Preis loslassen. Mit dumpfem Knall stieß sein Kopf an den Eimer. Ein wesentlicher Teil des Inhalts ergoss sich über ihn. Aber er ließ nicht los.

An der Wand endete die Rutschpartie, das Kalb drehte um, es wollte sich befreien, und galoppierte noch mal los. Geitberg ließ nicht locker. Es kam, wie es kommen musste.

Die Fahrt ging wieder durch die Mitte des Raumes. Wieder kam der dumpfe Knall, wieder wurde geduscht. An der anderen Wand blieb das Tier stehen, offensichtlich ging ihm die Kraft aus. Geitberg konnte mit einer Hand den Strick fassen, an dem das Tier angebunden gewesen war und streifte ihn über den Hals des Kalbes.

Kaum war es wieder fest angebunden bog es den Rücken und den Schwanz und ließ es behaglich rieseln. Der Tierarzt fing auf was er brauchte. Wo waren eigentlich seine Helfer abgeblieben, fiel ihm auf, als er schweratmend seine Beute in Sicherheit brachte. Keiner war mehr zu sehen. Er versorgte das Urinfläschchen und ging beunruhigt auf die Suche. Er fand seine Helfer jenseits der Stalltür, japsend vor Lachen, kaum fähig sich auf den Beinen zu halten.

„Doktor, das dürfen Sie nicht öfter machen, ich sterbe vor Lachen“, schnaufte der eine mühsam, “so was habe ich mein Leben lang noch nicht gesehen, ich kann nicht mehr.“

Dem Doktor brummte der Schädel. Trotzdem zog er sich mit seinen Helfern unter Lachanfällen wieder um, ging ins Freie und gesellte sich zu den herumstehenden Polizisten. Sie hatten Fleischkäsewecken besorgt und sahen den Einsatz schon als beendet an, als der Staatsanwalt noch einmal kam. Ihm hatte man nichts zu Essen übriggelassen und er war deshalb sichtlich sauer.

„Herr Doktor, wir brauchen Sie noch mal. Da hinten in der Scheune liegt Zeug, damit kommen wir nicht klar. Der Spurensicherungstrupp ist noch vorne im Haus beschäftigt.“ Eine kleine Gruppe Neugieriger folgte ihnen. In einer großen Halle lagen neben landwirtschaftlichen Fahrzeugen große Stapel mit weißen Säcken.

„Was ist denn das?"

„Der Bauer sagt, das sei Düngemittel. Zum Teil stimmt es auch. Aber nur zum Teil." Sie versuchten, die Übersicht über die verschiedenen Gebinde zu bekommen. Sieben Paletten vorne am Eingang sahen nach unverdächtigem Düngemittel aus Polen aus. „Wir werden auf jeden Fall den Zoll fragen, ob das auch in Ordnung ist."

Hinten in der Halle lagen weitere Paletten mit weißen Plastiksäcken. Auf den Aufklebern fand sich der Stempel einer bekannten Futtermühle. In Deutschland waren seit kurzem die ersten BSE–Fälle aufgetreten. Die Presse tobte sich in Hysterie aus, und die Verfütterung von Tiermehl war verboten. Die Landwirte hätten alle tiermehlhaltigen Futtermittelreste abgeben müssen. Aber immer noch fand man bei einigen – sei's aus Uneinsichtigkeit oder aus Gleichgültigkeit – solche Säcke herumliegen. Und das hier sah verdächtig aus. Ein Sack war beschädigt. Ein weißes, süßlich riechendes Pulver rieselte über die Hand. „Sieht aus wie Milchpulver."

„Ich ruf' mal in der Futtermühle an, die Nummer habe ich im Handy gespeichert, ich musste neulich wegen Tiermehls hin", half der Wirtschaftskontrolldienst–Beamte aus. Er hatte in der Halle keinen Empfang und ging ins Freie. Der Bauer, Alfred Hocker, der inzwischen nachgekommen war, wirkte äußerlich völlig ruhig. Geitberg bemerkte aber, dass die linke Hand immer wieder unruhig an den Mund fuhr. Eine Geste, die ihm im Haus nicht aufgefallen war.

„Das mit den Futtermitteln mache ich mit meinen Kollegen zusammen. Wir bestellen gemeinsam. Da können wir günstige Preise heraushandeln. Die Lieferung kommt hierher. Ich habe halt eine große Halle. Da holen dann die anderen ihre Anteile ab."

„Herr Hocker, Sie handeln also mit dem Zeug, haben Sie auch ein Gewerbe angemeldet?" Jetzt stand dem Bauern der Schweiß auf der Stirn, obwohl es kühl war.

„Handeln kann man das nicht nennen. Mag sein, dass ich ab und zu mal ein paar Mark verdient habe. Aber nein – ein Gewerbe ist das nicht, ist so was denn strafbar?“ Staatsanwalt und Landwirt diskutierten weiter.

Geitberg interessierte das nicht mehr. Ihm war aufgefallen, dass ein anderer der WKD–Beamten, Mario Masser, weiter hinten in der Halle sehr interessiert einen Stapel mit weißen Plastiksäcken untersuchte. Mit diesem Mann hatte der Veterinär schon manches Abenteuer bestanden. Als sich ihre Blicke trafen, winkte Masser den Tierarzt her. Sie duzten sich seit einer gemeinsam ausgestandenen Dienstaufsichtsbeschwerde – sie waren nicht ganz legal in einen Schuppen eingedrungen, um nach einem vernachlässigten Pferd zu sehen. Der Tierbesitzer hatte sie deswegen angezeigt.

„Walter, schau mal her. Fällt Dir auch auf, dass die Säcke dieser Palette etwas dunkler wirken, als die in den vorderen Gebinden. Nach dem Etikett ist aber genau das gleiche Zeugs drin.“

„Stimmt, Mario, das könnte aber auch daran liegen, dass hier ein anderer Lichteinfall ist. Ich schau mir das mal von einem anderen Blickwinkel aus an. Ich geh mal weiter weg.“ Geitberg stieg vorsichtig zwischen den abgestellten landwirtschaftlichen Geräten herum, um Abstand zu bekommen. Dabei fiel ihm eine Leiter auf, die an der Wand lag. Unwillkürlich schweifte sein Blick nach oben und fiel auf eine Zwischendecke, die ihm bisher nicht aufgefallen war.

Jetzt war seine Neugierde geweckt: Er hob die Aluminiumleiter auf und setzte sie an dem kleinen Stockwerk an. Oben waren Schmutz, Werkzeuge und Gerümpel zu sehen. Auf dem Boden lag ein Bündel weißer Etiketten. Es waren dieselben Etiketten wie auf den Plastiksäcken, mit dem Logo der Futtermühle. Da stimmte doch etwas nicht.

„Mario, komm doch mal rauf. Das könnte interessant sein.“

Masser kletterte gespannt herauf und pfiff leise durch die Zähne: „Da schau an. Da muss zuerst die Spurensicherung her. Was hast du bis jetzt angelangt?“

„Nur die Etiketten, sonst nichts."

Sie ließen von der Höhe aus die Blicke über die Halle schweifen. Auch von hier aus hatte man den Verdacht, dass der hintere Sackstapel etwas dunkler war. Sie kletterten wieder hinab und sagten dem Staatsanwalt und dem Einsatzleiter Bescheid.

Sofort wurden die benötigten Beamten über Sprechfunk herbeizitiert und zu dem Zwischendeck beordert. Sie machten sich gleich an die Arbeit. Masser und Geitberg hatten dort nichts mehr zu tun. Sie schleppten zwei Säcke, eine hellen und einen dunklen, in den besser beleuchteten Eingangsbereich. Hier fiel der Farbunterschied noch deutlicher auf. Sie öffneten die Säcke mit einem kleinen Messer und nahmen eine Handvoll Pulver aus jedem heraus. Das eine war hellgelb, leicht flockig und fühlte sich fettig an. Das andere war etwas heller, fast grau und völlig trocken. Auch rochen sie verschieden, das erste nach Milch, das zweite war geruchlos. Noch einmal überprüften sie die Etiketten. Die waren völlig gleich.

„Du kannst mir sagen was Du willst, wenn das kein Etikettenschwindel ist? Aber was ist das wirklich? Das lassen wir im Labor überprüfen. Komm, lass uns die Säcke ganz genau markieren, damit sie nicht verwechselt werden können."

Geitberg hatte bereits einen Verdacht: Milchpulver hatte er oft genug gesehen. Die Betriebe tränkten damit ihre Saugkälber. Das war billiger, als wenn man die frische Kuhmilch genommen hätte. Das zweite Pulver erinnerte ihn an Tiermehl, er hatte mal eine Tierkörperbeseitigungsanstalt besucht, da hatte er es in die Hand genommen. Bloß war inzwischen die Verfütterung von Tiermehl verboten. Es hätte nicht mehr im Umlauf sein dürfen. Jetzt war der Staatsanwalt wieder dran.

„Herr Hocker, können Sie mir sagen, was in den Säcken drin ist?" – „Milchpulver, halt das, was draufsteht, ohne Tiermehl, wie vorgeschrieben. Ich kann da nicht hineinschauen."

Der WKD–Beamte, der vorher mit der Futtermühle telefoniert hatte, mischte sich ein. „Die Leute von der Mühle haben bestätigt, dass Herr Hocker vor kurzem drei Tonnen mit Milchpulver von ihnen bezogen hat. Das hier sind aber insgesamt zwölf Paletten. Auf einer Palette dürfte eine halbe Tonne liegen. Ist das richtig, Herr Hocker?“

Der Bauer wand sich. Das mit der halben Tonne pro Gebinde sei wohl richtig. Woher aber die Überzahl komme, könne er sich auch nicht erklären. Zu dieser Halle hätten alle seine Bekannten und die Fahrer der Futtermittel-Lastwagen freien Zutritt. Da könne jeder kommen und gehen, wie es ihm passe. Und wenn er gerade auf dem Feld oder im Stall sei, würde er nicht mitbekommen, was sich hier abspiele. Da hätte schon öfter mal jemand was reingestellt und später wieder abgeholt, ohne dass er, Hocker, gefragt worden war. Er werde sich mal umhören, wer da Bescheid wisse. Der Staatsanwalt nickte ernst.

„Wir warten erst mal die Analysen ab. Vorher können wir nichts entscheiden. Wir suchen noch einmal die Halle ab. Dann wird alles versiegelt und beschlagnahmt.“

Hocker beschwerte sich, er müsse doch seine Maschinen benützen können. Das wurde ihm auch zugestanden. Er müsse das aber jedes Mal mit dem Polizeiposten absprechen, der dann den Schuppen wieder schließt und versiegelt. Die Säcke aber blieben auf jeden Fall hier.

Geitberg spielte mit seinen Fingern. Irgendwas klebte da und ging nicht weg. Er untersuchte seine Hände und überlegte, woher das klebrige Zeug kommen könnte. Er hatte in der Halle vieles berührt, als letztes die Säcke. Tatsächlich, an dem einen Sack war ein klebriges Rechteck, ungefähr handtellergroß.

„Schauen Sie sich mal das an. Es sieht so aus, als wäre da ‘mal was anderes aufgeklebt gewesen. Das ist jetzt entfernt worden. Nur der Klebstoff ist nicht vollständig abgegangen.“ Auch auf anderen Säcken fanden sich solche verdächtige Stellen.

Der Veterinär wurde nicht mehr benötigt. Er verabschiedete sich, ließ seinen Diesel an, den er vorsorglich so hingestellt hatte, dass er problemlos wegfahren konnte, rollte vom Hof und suchte sich im nächsten Wald einen Nebenweg, auf dem er seinen Wagen so abstellte, dass er von der Straße aus kaum zu sehen war. Er gönnte sich eine Pause, stieg aus, aß ein mitgebrachtes Butterbrot und träumte von einem Bier. Später setzte er sich wieder in sein Auto, stellte die Lehne seines Sitzes zurück und wollte ein bisschen schlafen. Durch die halbgeschlossenen Lider beobachtete er einen blauen Kombiwagen, der auf dem Weg zu Hocker war.

„Der wird sich wundern, wenn er die viele Polizei sieht“, dachte Walter. Da kam das Fahrzeug schon wieder zurück, es fuhr, dass der Dreck spritzte. „Der hat's aber eilig, hat der etwa ein schlechtes Gewissen?“ Neben sich hatte er ein kleines Fernglas liegen. Mühelos konnte er an einer freien Stelle, wo der Wald den Blick auf die Straße freigab, das Kennzeichen ablesen und schrieb es sich auf eine Tankquittung. Die Autonummer kam aus einem ihm unbekannten Kreis.

Ein Anruf per Handy bei Masser: „Du, überprüf doch mal das Kennzeichen von einem Auto, das gerade auf Hockers Hof wollte. Der drehte um, als er euch sah und fuhr davon, als sei der Teufel hinter ihm her. Wenn das irgendwas mit Arzneimitteln zu tun hat, solltet ihr ihn euch anschauen. Es ist ein blauer Kombi, den Typ kenne ich nicht, er fährt gerade in Richtung Wengen.“ Masser fragte nach dem Standort des Veterinärs und bekam die genaue Beschreibung. Das Telefonat wurde schnell beendet. Geitberg wollte nun endlich einschlafen, war aber zu aufgeregt. Prompt schoss gleich darauf ein Streifenwagen mit Blaulicht an ihm vorbei, schleuderte in einer Kurve, fing sich wieder und verschwand. Sonst passierte nichts mehr.

Nach einiger Zeit wurde ihm langweilig. Ihm fiel ein, dass in Wengen ein niedergelassener Tierarzt, Dr. Wein, wohnte, der ihn schon seit längerer Zeit zum Kaffeetrinken eingeladen hatte. Der Kollege war nett, die Einladung war sicher ernst gemeint. Wahrscheinlich war er gerade mit dem Mittagessen fertig. Die ideale Zeit zum Kaffee. Geitberg musste nicht lange suchen, das Haus war leicht wieder zu finden, denn der Kollege hatte eine künstlerische Hand und hatte Wände und Fensterläden bunt bemalt. Er öffnete auf das erste Klingeln, begrüßte Geitberg herzlich und kurze Zeit später standen dampfender Kaffee und Kuchen auf dem Tisch. Der Veterinär hatte sich vorsichtshalber eine Ausrede für seine Anwesenheit in A. zurechtgelegt. Sie war aber nicht erforderlich. Dr. Wein hatte in der Frühe das Polizeiaufgebot bemerkt, den Wagen des Amtstierarztes im Konvoi gesehen. Die Bauern, die er am Vormittag besuchte, hatten alle gerätselt, was die Aktion auf dem Hof von Hocker bedeuten könnte. In einer ländlichen Gegend bleibt wenig verborgen.

Wein kannte den Bauern und berichtete: „Dass der Dreck am Stecken hat, hätte ich Ihnen schon lange sagen können. Ich selber war nie auf dem Betrieb. Der kauft Medikamente im Großen ein. Da kommen die Autobahntierärzte von weit her. Neulich hat man mir erzählt, er hätte am Sonntag beim Bauernstammtisch nach der Kirche seine Kollegen verspottet. Sie seien schön blöd. Wer seine Medikamente beim Tierarzt kaufe, sei selber schuld. Er wisse, wie man Geschäfte mache. Und wenn mal ein Tier verrecken würde, der Schaden sei schnell gegengerechnet, er würde alle Krankheiten selber behandeln."

Die Tierärzte diskutierten die Angelegenheit. Dr. Geitberg passte auf, nichts über Hocker zu erzählen. Er unterlag ja der Schweigepflicht. Aber Dr. Wein konnte sich vieles zusammenreimen. Sie unterhielten sich ausgiebig über das Unwesen der so genannten Autobahntierärzte, die, ohne sich um die richtige Anwendung der Medikamente zu kümmern, alles an die Betriebe verkauften, was die Bauern wollten. Damit war viel Geld zu verdienen. Verbraucher– und Tierschutz blieben auf der Strecke. Dr. Wein nannte den Namen eines Tierarztes, der in der Gegend sein Unwesen trieb. Was der denn für ein Auto fahren würde? Er habe ihn schon länger nicht mehr gesehen. Meist fahre er einen blauen Kombi, Kennzeichen aus dem Hessischen. Er wisse es aber nicht genau.

Einmal habe er geglaubt, er hätte ihn zu Hocker fahren sehen. Er habe ihm aber nicht folgen können, weil ihm ein großer LKW entgegengekommen sei. Auf dem engen Waldweg habe er ausweichen müssen und sei in den Straßengraben gefahren. „Das hat mich besonders geärgert, der Lastwagen hätte mir auch helfen können. Ich kam alleine nicht mehr aus dem Graben. Normalerweise gelten Schweizer ja als recht höflich, aber der fuhr einfach weiter. Zum Glück kam bald der Postbote vorbei. Der hat mir mit

Schieben geholfen. Wenigstens hatte ich am Auto keinen Schaden."

„Was war das für ein Schweizer?"

„Na ja, ein großer Lastwagen mit Schweizer Kennzeichen, ich hab mich gewundert, was der bei Hocker wollte."

Dr. Geitbergs Handy klingelte. Es war Mario Masser.

„Hallo Walter. Dein Hinweis war goldrichtig. Es handelt sich um einen Tierarzt, der das Auto voller Medikamente hat. Die Kollegen im Nachbarkreis konnten ihn stellen. Dein Typ ist gefragt. Du sollst nach V. kommen. Fahr schon mal los. Du kriegst über Handy noch den genauen Treffpunkt genannt. Tschüss!"

Der Kaffee wurde heruntergekippt. Die Verabschiedung ging schnell.

Geitberg suchte sich auf der Straßenkarte den günstigsten Weg und fuhr los. Rechtzeitig vor Erreichen der gesuchten Kleinstadt wurde ihm mitgeteilt, wohin er genau kommen solle.

Zweimal musste er Passanten fragen, dann sah er die grünweißen Dienstwagen. Auch der blaue Kombi war da. Geitberg parkte in der Nähe.

Die Polizisten musterten ihn misstrauisch. Erst als er sich vorstellte, wurde er zu dem Wagen gelassen. Die Gesichter der Polizisten waren ihm fremd. Auch ein Mann im Stallkittel. Das musste wohl der fremde Tierarzt sein. Ein drahtiger junger Beamter stellte sich als Einsatzleiter vor und bat den Veterinär, den Wagen zu überprüfen.

Der Kombi war voll mit Medikamenten. Später stellte sich heraus, dass der Kollege für über achtzigtausend Mark Material dabei hatte. Die Angelegenheit war zunächst Routine. Es wurde alles ausgeladen, was nach Arzneimittel aussah, und aufgelistet. Dann durfte der andere wieder einpacken. Viel interessanter waren die Unterlagen, die in dem Wagen gefunden wurden. Die komplette Kundenliste mit Bestellungen und Abrechnungen. Sie wurde beschlagnahmt, denn die Menge an Daten musste sorgfältig aufgearbeitet werden, dies konnte nicht vor Ort stattfinden, dies war

Angelegenheit des Landeskriminalamtes in Stuttgart. Geitberg unterhielt sich noch mit einem Beamten vom Landeskriminalamt, der inzwischen zu der Gruppe gestoßen war. Es war derselbe, der die Aktion bei Hocker geleitet hatte. Als er ihm erzählte, was er über den Bauern und über den Schweizer Lastwagen gehört hatte, stieß er auf großes Interesse. Nach freundlicher Verabschiedung von den Beamten und einer wesentlich kühleren von dem Autobahntierarzt fuhr Dr. Geitberg heim. Für heute war genug passiert.

Ein Toter

Es waren wieder einige Wochen vergangen. Mario Masser, der WKD--Beamte, und Dr. Walter Geitberg saßen im Zivilfahrzeug der Polizei und unterhielten sich, während sie ihr Ziel ansteuerten. Masser lenkte und Geitberg genoss die schöne Landschaft. Nebenbei hörten sie den Polizeifunk mit. Der Polizist war dazu verpflichtet, für Geitberg war es spannend, was er da mitbekam. In den Funkpausen waren die letzen Fälle ihr Thema.

Die Aktion bei Hocker war noch nicht abgeschlossen. Zwar hatte der Bauer zugeben müssen, dass er Arzneimittel gekauft und an seine Bauernkollegen weiterverkauft hatte. Dies würde ihm, den Abnehmern und dem Tierarzt, der die Medikamente lieferte, eine saftige Strafe einbringen.

Viel mehr aber interessierte, woher das Tiermehl stammte. Die Laboranalyse hatte eindeutig bestätigt, dass in den Säcken verbotenes Material lagerte. Wahrscheinlich war es aus dem Ausland gekommen, hier umetikettiert worden und sollte nun mit hohem Profit weiterverkauft werden. Hocker leugnete hartnäckig, mit der Sache etwas zu tun zu haben. Man konnte ihm nichts nachweisen.

„Das ist das Problem. Wenn so was mal in der EU ist, kann man damit frei handeln. Da kommst du nicht mehr hinterher, so schnell fahren die das von einem Land zum andern."

„Wer weiß, ich habe schon in der Zeitung gelesen, dass man das Zeug nur über eine Außengrenze fahren muss ...."

„Zum Beispiel durch die Schweiz?" warf Geitberg ein.

„....dann kann man vielleicht auch noch Subventionen kassieren. Ich weiß, dass der Zoll sich auch für das Pulver interessiert. Was haben wir denn heute für Fälle?" wechselte Masser das Thema.

Auf dem Tagesplan standen Gaststättenkontrollen und Nachbesuche bei Tierschutzfällen. Der erste Besuch galt einer Pizzeria, wo sie schon seit längerem nicht mehr gewesen waren.

Das Veterinäramt war unterbesetzt, so dass es nicht möglich war, alle Betriebe wie vorgesehen zu kontrollieren. Das Lokal hatte geöffnet, die beiden traten ein. „Lebensmittelüberwachung,

Routinekontrolle." In den meisten Lokalen kannte man sie, so dass sie sich nicht mehr vorstellen mussten. Hier war das anders, ein neuer Betreiber hatte das Restaurant übernommen. Er sprach kaum Deutsch. Als erstes fiel beim Betreten der Küche der Gestank nach altem Fett auf. Der Raum war dunkel.

„Machen Sie doch erst 'mal das Licht an und das Fenster auf!"

Welche eine Unordnung! Stapel schmutzigen Geschirrs türmten sich auf Tischen. Überall war alter Dreck. In ölfleckigen Kartons stapelten sich Berge von alten Zeitungen. Der Gasherd hatte zentimeterdicke Krusten von angebranntem schwarz–glänzendem Fett. Hier war lange nicht mehr geputzt worden. Geitberg ging in die Knie, um unter die Tische zu spähen. Wichtiges Hilfsmittel war eine kleine starke Taschenlampe. Einmal war sie nützlich, um auch in unbeleuchtete Ecken sehen zu können, Andererseits diente sie als „Zeigestab", um den Koch auf das aufmerksam zu machen, was gerade zu zeigen war.

In einer Ecke sah er Krümel, die aussahen wie Mäusekot. Und tatsächlich, beim weiteren Umsehen lag unter einem Schrank eine tote Maus.

„Habe Gift gestreut, aber nix geholfen."

Masser ging wortlos hinaus, Geitberg vermutete warum. In so einem Fall kam es zur Anzeige. Da hatte es sich als nützlich erwiesen, mit Fotos einen Beweis zu schaffen. Denn wenn es den Richter schon beim Aktenstudium würgte, war sicher, dass der Fall nicht eingestellt wurde. Gleich kam der Beamte mit der Kamera zurück und hielt die Zustände fest. Überall waren die „Mäuseköttel" zu finden: am Boden, in den Schränken, sogar im Kühlschrank. Wie sie da hinkamen war unerklärlich, vielleicht stand die Türe nachts manchmal offen.

Geitberg hob den Deckel der Friteuse – also das war die Höhe: Auch auf dem ranzig riechenden erkalteten und erstarrten Fett war Mäusekot. Konnten Mäuse den Deckel heben, um auf dem Fett herumzulaufen? Nein, es gab nur eine Alternative. Der Koch musste den Mäusedreck auf das Fett gewischt haben, sozusagen beim Aufräumen.

Wenn das Fett erhitzt wurde, verkochten die Köttel und konnten nicht mehr wahrgenommen werden – brrrrrr. Geitberg schüttelte sich. Krankheitserreger wurden zwar im siedenden Öl sicher abgetötet, aber der Ekel! Die Blicke von Masser und Geitberg trafen sich, sie nickten sich zu. Hier war eine sofortige Lokalschließung erforderlich. Masser ging in den Gastraum zu den wenigen Gästen und erklärte: „Das Lokal ist mit sofortiger Wirkung geschlossen, bitte verlassen Sie den Raum."

Die Gäste schauten überrascht und gingen hinaus. Der Wirt verzichtete auf die noch ausstehenden Gelder. Hinter ihnen wurde die Türe abgesperrt. Auf Pappe wurde mit dickem Filzstift geschrieben „Wegen Reparatur geschlossen." Das Schild wurde ausgehängt.

Die Lebensmittel, die jetzt noch gefunden wurden, passten zum Gesamtbild: stinkender, klebriger Schinken lag im Kühlschrank, Milchpackungen, deren Mindesthaltbarkeitsdatum bei weitem überschritten waren.

In jeder Gaststättenküche wird eine separate Handwaschgelegenheit gefordert, die über fließendes warmes Wasser, Seifenspender und Einmalhandtücher verfügen muss.

Hier gab es zwar eine Handwaschgelegenheit, die war jedoch mit schmutzigem Geschirr zugestellt. Seife und Handtücher fehlten. Offensichtlich war der Hahn nicht ganz dicht gewesen, man hatte mit Klebeband die undichte Stelle geflickt. Leider hatte das nicht zuverlässig funktioniert. Auf der feuchten Oberfläche hatte sich so viel Schimmel angesammelt, dass er einen grünen, stechend riechenden Bart bildete und nach unten in das Becken hing.

Einen besonderen Fund machten die Beamten im Keller. Vor dem Bierkühlraum hingen einige Stangen Salami von der niederen, mit Spinnweben überzogenen Decke. Geitberg schätzte die feine italienische Salami, die ihm, mit weißem Kulturschimmel überzogen, zu Rotwein oft schon gut geschmeckt hatte.

Die Wurst hier war mit grünem, modrig stinkendem Schimmel völlig überzogen, so dass die einzelnen Würste zu einem Klumpen zusammengewachsen waren – verdorben.

Dem Wirt wurde nun genau erklärt, was er zu machen habe. Die vergammelten Lebensmittel wurden sofort weggeworfen. Damit niemand auf die Idee kommen konnte, noch mal was aus der Mülltonne herauszuholen, goss Geitberg einige Tropfen Petroleum darüber.

Die Küche musste erst entrümpelt werden. Dann war eine Generalreinigung angesagt. Gleichzeitig war ein Kammerjäger zu beauftragen. Erst wenn der die Bekämpfung durchgeführt hatte und erklärte, alle Mäuse beseitigt zu haben, durfte die Gastwirtschaft wieder geöffnet werden. Vorher musste sie noch von den beiden Beamten abgenommen werden.

„Eine Woche brauchen Sie mindestens, haben Sie wenigstens jemanden, der Ihnen hilft? Alleine ist das kaum zu schaffen. Sie werden auch noch von uns angezeigt. Sie müssen dann zu mir zur Vernehmung auf die Wache kommen", kündigte Masser an. Der Wirt war nur noch ein Häufchen Elend. Er rauchte eine Zigarette nach der anderen.

„Was sind Sie eigentlich von Beruf?"

„Gelernter Elektriker, aber wenig Einkommen."

„Dann muss ich Sie auch noch auf eine Hygieneschulung schicken. Das muss aber nicht in der nächsten Woche sein, ich komme noch mal auf Sie zu." Sie verließen die Pizzeria.

„Komm, lass uns einen Kaffee trinken, das haben wir verdient. Da drüben beim Bäcker bekommen wir einen im Stehcafe."

„Was das wieder für eine Schreiberei bedeutet."

Sie unterhielten sich über das unbefriedigende deutsche System, in dem jeder eine Gastwirtschaft eröffnen darf. Man muss nur einen Nachmittag lang eine Belehrung absitzen. Wenn man darüber eine Bestätigung hat, kann man loslegen. Ob der zukünftige Wirt etwas verstanden hat, interessiert niemanden.

In anderen Ländern, wie in der Schweiz oder Österreich, darf man nur mit einer Ausbildung Wirt werden. Und mit ausgebildeten Gastwirten gab es solche Probleme wie in der Pizzeria fast nie. Sie stritten sich darum, wer den Kaffee zahlen durfte, Geitberg gewann, und sie verließen den Bäcker. Der Zeitplan der beiden war nicht mehr einzuhalten. Sie überlegten, wie sie den Vormittag noch einteilen sollten.

Kaum im Auto und wieder den Polizeifunk eingeschaltet, wurde es für sie interessant. Sie hörten mit, wie die Leitstelle, mit Rufnamen „1213", einen Streifenwagen beauftragte: „1213 für 3307, kommen!" Die Wagenbesatzung antwortete sofort: „3307 für 1213, kommen!"

„Wir haben hier eine Meldung, dass zwischen Vossen und Kirchheim, Fahrtrichtung Vossen, ein Viehtransporter fährt. Zulassungsnummer des Anhängers Siegfried Otto, Marta Kaspar füneff füneff eins. Die Zulassungsnummer des Zugfahrzeuges, bei dem ein Kalb mit blutigem Kopf herausschaut und das Blut aus dem Wagen herausläuft, ist unbekannt. Können sie übernehmen, haben sie die Nummer?"

„Verstanden, wir übernehmen." Die Nummer wurde wiederholt.

„Können sie uns einen Veterinär oder sonst wen schicken, der was von Kälbern versteht?"

Hier schaltete sich Masser ein. Der Funkcode ihres Wagens war 3342: „3342 hat mitgehört und hat den Veterinär Dr. Geitberg im Wagen. Standort in Höhe von Ackdorf an der Bundesstraße. Wir erwarten weitere Weisung."

„1213 für 3307, haben Sie 3342 verstanden?"

„Klar und deutlich. Wir warten auf der Kreuzung Pl17/3 auf den Viehtransporter. 3342 soll schon anfahren."

Masser bestätigte: „3342 für 3307, wir sind auf der Anfahrt."

Das war etwas für Masser, der früher – wie alle WKD–Beamten – bei der Streifenpolizei Dienst geschoben hatte und einmal mit seinen Rennfahrerkünsten einen Verbrecher verfolgen und verhaften konnte. Er bremste scharf ab und fuhr rechts ran, sprang aus dem Wagen und rannte zum Kofferraum. Dort holte er das Blaulicht, klatschte es mit der Magnethalterung aufs Dach und gab Dr. Geitberg das Kabel. „Steck's da ein", wies er auf eine besondere Steckdose in der Mittelkonsole. Während Geitberg den

Stecker in die Halterung fingerte, fuhr er schon mit Vollgas los, dass die Räder durchdrehten. Die Kennung der Kreuzung war ihm vertraut. Er kannte den Weg. Es war beeindruckend, wie er mit quietschenden Reifen durch die Kurven schoss. Geitberg war beschäftigt, sich festzuhalten und die Schreibmappe wieder aufzusammeln, deren Inhalt sich bei dem Kavalierstart in den Fußraum entleert hatte.

„Muss das denn sein?“ beschwerte er sich über die Rennfahrt.

„Nöö, macht aber Spaß.“

Sie kamen gerade recht, als die Polizisten einen LKW mit Anhänger, bei dem es sich nach den Aufbauten eindeutig um einen Viehtransporter handelte, auf einen Parkplatz lotsten. Der Fahrer des Transportes folgte der rot–weißen Kelle ohne Zögern. Masser fuhr hinter dem Konvoi her. Auf dem Parkplatz traten sie ans Fahrerhaus heran.

„Kontrolle. Bitte steigen Sie aus!“

Der Fahrer befolgte die Anweisung mit unsicherem Lächeln, fragte, ob er denn zu schnell gefahren sei. Er wurde über den Hinweis auf den blutigen Kalbskopf aufgeklärt.

„Das kann ich mir nicht vorstellen. Ich habe alle Kälber selbst aufgeladen“ dachte er nach, „und auf dem Wagen hat sich noch nie eines verletzt.“

Plötzlich fing er an zu grinsen und wies auf seinen Anhänger: „In der hinteren unteren Bucht ist das arme Tier, dem geht es ja soooo schlecht, bitte schauen Sie selbst.“ Die Beamten gingen nach hinten, kletterten alle an dem Wagen außen hoch, spähten ins Innere und stiegen mit vergnügten Mienen wieder herunter.

Der Fahrer erklärte: „Dieses Kalb will der Bauer Maier in Vossen haben. Ich halte dort kurz. Damit ich es beim Abladen nicht lange suchen muss, habe ich seinen Kopf mit dem Fettstift rot angemalt.“

Die Heiterkeit war groß. Es ist üblich, Tiere mit einem Farb–Fettstift zu kennzeichnen. Er hatte den roten Stift reichlich gebraucht. Das Kalb war völlig in Ordnung. Geitberg spottete über Viehhändler, die ihre Kälber mit Kriegsbemalung so verunstalten, dass die armen Tierschützer völlig verunsichert sind. Das angeblich heraussickernde Blut war nur Wasser, das beim Betanken der Viehtränke – der Zug war vorbildlich ausgestattet mit Belüftungsanlage und Viehtränke – übergelaufen war und auf dem Staub eine dunkle Feuchtigkeitsspur hinterlassen hatte.

Vorsichtshalber schaute sich der Veterinär alle Tiere an. Die Polizisten überprüften die Papiere, dann durfte der Zug weiterfahren.

Die Beamten schmunzelten und unterhielten sich über den Fall:

„Man sieht immer das, was man sehen will. Hat das Kalb einen blutigen Kopf, muss das, was unten rausläuft, auch Blut sein."

„Das erinnert mich an einen Pressebericht: Wir waren bei einer Seuchentötung – es waren Tausende von Schweinen zu keulen – in einem kleinen Dorf. Unser Fahrzeug, ein kleiner LKW des Katastrophenschutzes, war orange gespitzt. Wir fuhren genau einmal an diesem Tag durch den Ort, nicht öfter.

Am nächsten Tag stand in der Zeitung: „Den ganzen Tag fuhren die orangeroten Fahrzeuge, die die toten Tiere abholten, durch den Ort hin und her." Die riesigen grauen Transporter der Tierkörperbeseitigung, die tatsächlich ständig hin und her fuhren, hat der Journalist nicht gesehen. Man sieht immer das, was man sehen will" erzählte Geitberg.

Trotzdem war man der Meinung, dass der Tierschützer sie zu Recht alarmiert hatte. Wer rechnet schon mit einem Kalb, dem man den Kopf rot anmalt?

Allgemeines Händeschütteln: „wir wünschen noch einen schönen Tag." Damit war dieser Einsatz beendet.

Gleich nachdem sie im Auto saßen schlug Geitberg vor:

„Was hältst Du davon, dass wir schnell noch vor der Mittagspause im nächsten Ort, in Hintervossen, beim Viehhändler Grommer vorbeischauen? Mit dem hatte ich schon viel Spaß. Weißt Du, wenn Du mal was Illegales machst, hast Du ein schlechtes Gewissen. Wenn der mal was Legales macht, ist ihm unwohl. Den habe ich neulich erwischt, als er eine alte kranke Kuh noch zum Schlachten fahren wollte. Eigentlich hätte ich das

Tier einschläfern wollen, aber er meinte, er könne sie noch mal hochpäppeln. Da hab ich mich erweichen lassen. Und ich möchte noch mal schauen, wie es der Kuh geht." Beim Viehhändler war niemand da. Sie hupten und riefen.

„Macht nichts, ich kenn mich hier aus. Die Kuh find ich wieder. Ich hab' damals ihre Ohrmarkennummer notiert. Die steht noch in meinem Notizbuch."

Geitberg ging in den Stall, während Masser sich an den Wagen lehnte und den schönen Tag genoss. Er summte vor sich hin. Dann sagte er halblaut zu sich selbst, als wenn Geitberg ihn hören könnte:

„Haben wir nicht einen prächtigen Arbeitsplatz? Da, wo wir arbeiten, fahren andere zum Urlaub hin. Geh Du nur in den Stall und mach Dich schmutzig, ich wart' hier auf Dich."

Masser freute sich am blauen Himmel, dem Vieh auf der Weide und genoss die Pause.

Als dann der Veterinär wieder kam, kümmerte er sich nicht um ihn, bis er merkte, dass der andere käseweiß war, würgte und kein Wort herausbekam.

„Um Gottes Willen, was ist denn passiert?"

Er fasste Geitberg an den Schultern und rüttelte ihn.

„Was ist denn los, mach's Maul auf!"

Der versuchte zu sprechen und stammelte unter Aufbietung seiner ganzen Kraft:

„Da drin, im Laufstall, ich hab' zuerst gar nicht erkannt, was das ist, ein Toter, hinten in der Mistrinne, die Kühe haben ihn zertreten, sieht scheußlich aus, uaaa!"

Er verdrehte die Augen und sank in sich zusammen. Masser konnte ihn schnell noch so halten, dass er sanft zu Boden sank. Die Ausbildung als Polizist bewährte sich.

Er überzeugte sich, dass der Freund atmete, legte ihn vorschriftsmäßig in Seitenlage und löste über den Funk im Wagen Alarm aus. Dann rannte er in den Stall.

Er brauchte nicht lange zu suchen. Die Kühe standen im Halbkreis um ein unförmiges Etwas, das mit Mist bedeckt war und sich nicht mehr rührte. Aber noch etwas fiel Masser auf, und bei dieser Beobachtung lief es ihm kalt über den Rücken. Mitten in dem Bündel steckte eine Mistgabel.

Hier kam jede Hilfe zu spät.

Er lief wieder zum Wagen zurück, gab den neuesten Stand an die Leitstelle durch, sah nach dem bewusstlosen Freund und atmete erleichtert auf, als die Sirene der Kollegen näher kam.

Gleich danach folgten Notarzt und Krankenwagen. Er winkte sie heran und half Geitberg, der allmählich wieder zu sich kam, zu versorgen. Zuerst hob man den Veterinär auf eine Trage und schob ihn in den Wagen. Dann wurde er untersucht, bekam ein Beruhigungsmittel und wurde an eine Infusion gehängt. Der Notarzt beruhigte Masser. Er meinte, das sei ein harmloser Kreislaufkollaps und fragte, ob es sonst noch etwas für ihn zu tun gäbe.

Zuerst sperrten die Polizisten, die alle aus der Landwirtschaft kamen und mit Kühen umgehen konnten, die Tiere so ein, dass sie nicht mehr an die Leiche konnten. Dann stakte der Notarzt durch den Mist, zog sich dünne Handschuhe an, suchte unter dem Dreck den Kopf des Toten, säuberte ihm grob das Gesicht und überprüfte die Augenreflexe. Er erklärte den Mann für tot. Er sei jetzt nicht mehr zuständig und könne wohl gehen, das sei wohl Sache der Gerichtsmedizin. Auch er hatte die Mistgabel nicht übersehen.

Vorerst war nichts mehr zu tun. Die Spurensicherung und die Kriminalpolizei mussten abgewartet werden. Masser wurde zum Krankenwagen gerufen. Dr. Geitberg wollte unbedingt wieder aufstehen. Er schimpfte, weil ihn die Sanitäter mit Sicherheitsgurten festgebunden hatten.

Erst dem Notarzt gelang es, Geitberg zu überzeugen, dass er ins Krankenhaus müsse. Er habe ein Beruhigungsmittel bekommen und er würde gleich wieder umkippen, wenn er jetzt aufstünde. Als Masser versprach, am Nachmittag ins Krankenhaus zu kommen und über den neuesten Stand der Ermittlungen zu berichten, war er bereit, sich abtransportieren zu lassen. Aus dem Wagen rief er noch mal nach Masser: „Ich glaub', ich weiß, wer der Tote ist. Der sah nach dem Peter Bucher aus. Der arbeitet bei Grommer als Fahrer, oder arbeitete, mein Gott, sah der aus, ich glaub', mir wird wieder schlecht."

„Ich besuch' dich heut' Nachmittag, und ich sag' Deiner Frau Bescheid!"

Masser machte die Türe des Krankenwagens zu und gab dem Fahrer ein Zeichen loszufahren.

Am späten Nachmittag klopfte Masser bei Geitberg an der Zimmertüre. Ihm war nicht wohl. Er ging äußerst ungern in ein Krankenhaus und machte sich Sorgen wegen seines Freundes. Sie waren unberechtigt. Geitberg saß auf seinem Bett in Straßenkleidung und las in einer Illustrierten.

„Ich darf wieder nach Hause. In einer Stunde holt mich meine Frau ab. Mir geht's wieder gut" begrüßte Geitberg seinen Freund.

„Erzähl' alles was du weißt, ich platze vor Neugierde!"

„Also: Der Tote ist tatsächlich, wie du schon vermutet hast, Peter Bucher. Frau Grommer hat ihn identifiziert. Wie er ums Leben kam, wissen wir noch nicht. Auch ob da jemand nachgeholfen hat, ist unklar. Die Todesursache ist wahrscheinlich der Gabelstich, der geht mitten durch die Brust,

Es kann sein, dass er nicht gleich tot war, und dass ihm die Kühe den Rest gegeben haben. Das muss die Obduktion ergeben. Sicher hat er einige Tritte abbekommen, du weißt ja wie er aussah. Der Tod muss heute früh nach dem Melken eingetreten sein. Als wir ihn gefunden haben, hat er schon einige Stunden lang so gelegen."

„Hat man ihn denn nicht vermisst?"

„Denen fiel schon auf, dass er nach der Stallarbeit nicht zum Frühstück kam. Er lebt bei seiner Schwester in Kraut und kommt morgens, hilft bei der Stallarbeit, und fährt dann los zum Vieh transportieren. Manchmal kommt er zum Frühstück, manchmal nicht. Dann isst er bei seiner Schwester. Drum haben die sich nichts gedacht, als er nicht kam. Und sein Fahrrad steht hinter dem Stall. Das sieht man vom Hof aus nicht. Die Kühe haben keinen Krach gemacht. Ihm sei nichts aufgefallen, sagt Grommer, als er aufs Feld fuhr. Und als er zurückkam, war der Hof schon voller Polizeiwagen. Er sei richtig erschrocken."

„Wer war denn in der Frühe alles auf dem Hof?"

„Na, natürlich der Grommer und seine Frau. Dann der andere Helfer von Grommer, der Dopferjodler, den kennst du ja, und noch die Tochter von Grommer, die Anja, aus erster Ehe, die geht noch in die Schule."

„Wer hat den Bucher zuletzt gesehen?"

„Das lässt sich nicht genau feststellen, du weißt ja, wie's auf einem großen Betrieb zugeht. Der eine versorgt die Kälber, der wirft noch das restliche Futter vor. Der andere schaut schon nach dem Traktor. Da sieht man sich und sieht sich nicht. Alle waren im Stall bis auf Anja, die muss früh zum Schulbus."

„Ja war's denn nun ein Unfall oder nicht? Selbstmord dürfte doch sicher ausscheiden."

„Bis jetzt deutet alles auf einen Unfall hin. Es gibt keinen Grund für eine andere Annahme. Bucher hat keine Feinde, jedenfalls wissen wir noch nichts davon. Niemand hat einen Vorteil von seinem Tod, er ist nicht reich, gewalttätig war er auch nicht."

„Gewalttätig ist eher sein Chef. Kennst du die Geschichte mit den Hippies?"

„Nein, lass hören!"

Der Veterinär wartete, bis Masser sich bequem zurückgelehnt hatte: „Also, die Geschichte ist schon zwei bis drei Jahre her: Dass der Grommer auch noch als Metzger arbeitet, weißt du. Er hat auch hinter dem Haus ein kleines Schlachthaus. Im Monat schlachtet er so zwei bis drei Rinder – vielleicht auch ein paar Sauen. Ob er auch schwarzschlachtet, keine Ahnung, wahrscheinlich ja, ich konnt' ihm bisher nichts beweisen. Aber jetzt zu der Geschichte, die ich erzählen will: Vor ein paar Jahren, es war gerade die Zeit, als die Hippies in Mode waren, da war er bei einer

Hausschlachtung auf einem Einödhof. Danach, auf dem Heimweg, kriegt er Durst und kehrt unten im Tal in der „Kerbe“ ein, Du erinnerst Dich an das kleine Gasthaus alleine an der Straße, wir haben es schon kontrolliert.“

Masser nickte.

„Also, der Grommer stillt da seinen Durst, es wird wohl mehr als ein Bier gewesen sein, das er sich gegönnt hat. Neben sich auf der Bank hat er sein Handwerkszeug von der Schlachtung liegen. Und dann kommen drei Hippies, langhaarig, und trinken auch etwas. Bloß fangen die nach einiger Zeit an, Grommer zu ärgern und über ihn zu lästern. Natürlich war es das Dümmste, was die drei tun konnten. Ich kann mir vorstellen, wie der geschaut hat. Der mag so was wie Hippies nämlich nicht.

Grommer hat einen Kopf wie eine Kugel, kurzgeschoren, dick, und wenn er sich ärgert, treten die Augen richtig vor. Er wiegt über zwei Zentner, alles Muskeln. Der hat Oberarme, die sind weit dicker als meine Oberschenkel. Wenn der beim Volksfest eine Schlägerei anfängt, müssen es mindestens drei Gegner sein. Vorher lohnt es sich nicht. Er geht keinem Streit aus dem Weg. Der hat schon einiges auf dem Kerbholz. Er hat mir mal erzählt, mit den Strafen, die er wegen Schlägereien schon aufgebrummt bekommen hat, könnte er sich leicht einen Mercedes leisten. Na ja, Grommer lässt sich einige Zeit ärgern. Dann wird es ihm zu dumm. Er springt auf und die Burschen rennen wie die Hasen. Aber einen hat er noch erwischt und zieht ihn an seinen langen Haaren zu seinem Tisch.

Dort nimmt er das große Messer vom Schlachten und rasiert dem Kerl fein säuberlich den Kopf. Der habe stillgehalten wie ein Lämmchen, aus Angst, es könne noch was von der Schwarte mitgehen. Erst als Grommer ihn loslässt, nachdem er ihm eine feine Glatze geschoren hat, haut er ab wie eine Rakete.“

„Köstlich. Gab's noch ein Nachspiel?“

„Natürlich musste Grommer wieder einmal vor Gericht: Die Hippies haben dort aber keine gute Figur gemacht und sich recht dumm benommen, wahrscheinlich mussten Staatsanwalt und

Richter heimlich lachen. Es gab nur eine kleine Geldbuße und Ermahnungen für Grommer."

Masser gab sich noch nicht zufrieden:

„Jetzt aber noch mal zu dem grausigen Fund von heute. Der beschäftigt mich schon noch. Ist es möglich, sich mit einer Mistgabel selbst zu erstechen?"

„Unwahrscheinlich. Aber es gibt die tollsten Zufälle. Dass einer sich in den Fuß sticht, passiert ja öfters. Und ich hab' auch schon mal eine Gabel verkehrt rum in die Hand genommen, um mit dem Stiel eine Kuh anzustoßen. Wenn du dann das Gleichgewicht verlierst oder eine andere Kuh rempelt dich von hinten an, kann alles passieren."

Die Freunde hätten sich noch lange unterhalten können, doch nun kam Geitbergs Frau, die der Krankenschwester versprechen musste, ihren Mann mindestens drei Tage unter Kontrolle zu halten. Man sah Frau Geitberg an, dass sie sich freute, ihn einige Tage für sich zu haben. Sie flüsterte ihm zu, dass zu Hause ein kühles Weizenbier auf ihn warten würde.

Der Veterinärzug

Eine besondere Einrichtung im Landkreis war der Veterinärzug, eine Abteilung des Katastrophenschutzes. Wenn junge Männer nicht zur Bundeswehr wollten, konnten sie sich als Ausgleich für den Wehrdienst für eine Zeit von sieben Jahren zum Dienst in einer Einheit des Katastrophenschutzes melden: Dort mussten sie im Jahr zweihundert Arbeitsstunden leisten.

Für manchen jungen Bauern war es unmöglich, zum Bund zu gehen und seinen Hof über längere Zeit alleine zu lassen. Als Ausweg meldete er sich für den Veterinärzug. Die abendlichen Schulungen und gelegentlichen Einsätze waren neben der Arbeit möglich. Ein Teil der Teilnehmer hatte auch völlig andere Berufe wie Stuckateur, Automechaniker oder Banker.

Der Leiter dieser Abteilung, mit der Bezeichnung Zugführer, war Dr. Geitberg. Das Veterinäramt setzte den Zug vor allem bei Aufgaben in der Tierseuchenbekämpfung ein. Deshalb wurde jeder Bewerber bei seiner Einstellung gefragt, ob er mit Tieren umgehen könne und über seelische Belastbarkeit verfüge.

Diese Robustheit war wichtig. Es hatte schon Probleme gegeben: Einmal wurden Helfer aus einer anderen Einheit übernommen, in der sie sich bisher nur mit Technik und PC beschäftigt hatten und mit Schmutz und Tieren noch nicht viel Kontakt hatten. Es kam prompt zu einem Einsatz wegen Schweinepest. Ungefähr zwanzig Mann waren dafür eingeteilt. Sie hatten die unangenehme Aufgabe, die über zweitausendfünfhundert Tiere eines großen infizierten Schweinebestandes zu töten.

Damit sollte die Weiterverbreitung der Seuche auf andere Betriebe gestoppt werden, was auch gelang. Allerdings war diese Arbeit körperlich und seelisch sehr belastend. Auch wenn die Tötung mit Elektrozange völlig schmerzlos ist, damit die Tiere nicht leiden, so bieten doch die Kadaver keinen schönen Anblick. Auch das Töten an sich belastete die jungen Männer. Darüber hinaus war die Arbeit anstrengend:

Zuerst wurden die Tiere aus ihren Boxen im Stall auf den Töteplatz getrieben. Dort kam die Betäubungszange zum Einsatz. Die

Kadaver wurden in die Wagen der Tierkörperbeseitigung gehievt. Dabei musste flott gearbeitet werden, sonst kam der Ablauf ins Stocken. Bald waren die Neuzugänge überfordert. Zwei hingen über dem Zaun und übergaben sich. Und dreien ging schlichtweg die Kraft aus. Sie konnten im Lauf der Zeit nicht mehr und saßen nur noch am Wegrand.

Dummerweise meinte der hilfreiche Bauer, er müsse sie mit selbstgebranntem Schnaps kurieren. Bevor Geitberg eingreifen konnte, waren sie ausgiebig „kuriert", mit dem Erfolg, dass ihnen nicht mehr von den Tötungen, sondern vom Alkohol schlecht war. Die Auswirkungen des Obstlers waren unübersehbar, sobald die Herren sich bewegten oder zu sprechen versuchten. Es war mehr als peinlich.

Geitberg musste ihnen einen Aufpasser zuteilen, denn jeden Moment konnten Zeitungsleute oder ein Fernsehteam vorbeikommen. Was hätte das für ein Aufsehen gegeben! Zum Glück gelang es, alle fünf in eine abseits stehende Scheune zu bringen, wo sie keinen Schaden anrichten konnten. Dort schliefen sie ihren Rausch aus.

Zur Ehrenrettung der anderen Teilnehmer muss man sagen, dass auch an ihnen die Aktion nicht ohne Spuren vorüberging. Besonders mit den Tränen zu kämpfen hatten die jungen Männer, die im Abferkelstall ihre traurige Arbeit verrichteten. Es ging ihnen aufs Gemüt, wenn sie Muttersauen zu töten hatten, die gerade in der Geburt waren oder Ferkel, die soeben erst zur Welt gekommen waren.

Am Abend waren alle körperlich und seelisch erschöpft. Als nun die Obstlerflasche kreiste, hatte Geitberg nichts mehr dagegen.

Einen besonderen Einsatz erlebte der Veterinärzug, als er einen Geflügelhof räumen musste.

Eine Kollegin von einem benachbarten Veterinäramt hatte um Hilfe gebeten: Ein Teil der Hühner sei bereits an der so genannten Newcastle Disease verendet. Das ist eine ansteckende Hühnerkrankheit, die großen wirtschaftlichen Schaden anrichten kann.

Es besteht die Möglichkeit, dass Tiere, die den ersten Seuchenzug überstehen, scheinbar gesund weiterleben, aber den Erreger ausscheiden. Sie bilden einen ständigen Gefahrenherd, anderes Geflügel anzustecken. Deshalb sollte der noch vorhandene Bestand getötet und das Gehöft desinfiziert werden. Die Besitzerin, eine Frau Schuhmann, sei etwas schwierig, hatte die zuständige Kollegin angekündigt. Sie selbst könne bei der Aktion leider nicht dabei sein. Die Vorarbeiten seien aber erledigt. Es würde sicher alles glatt gehen. Aber irgendetwas erschien Dr. Geitberg verdächtig. Warum kam die Kollegin nicht mit?

Am Morgen eines schönen und kalten Januartages traf der Veterinärzug mit achtzehn Mann und zwei Fahrzeugen auf dem Gehöft der Maria Schuhmann in Lulinegen ein. Dieser geballten Staatsmacht stellte sich ein altes, dünnes Weiblein entgegen, ärmlich gekleidet, aber mit einer weithin tragenden schrillen Stimme. Der Hof lag in der Ortsmitte und die aufgrund des Geschreis zusammen gelaufenen Zuhörer erfuhren schnell, welches entsetzliche Unrecht einer alten, armen Frau widerfahren soll.

Die Veterinärin hatte vorab erzählt, dass Frau Schuhmann sich nur so ärmlich gab. Sie war in Wirklichkeit schwer reich, der halbe Ort gehörte ihr und die alte Frau habe durch Geiz, Starrsinn und Boshaftigkeit keine Freunde mehr in der Gemeinde. So erfuhr Frau Schuhmann wenig Hilfe von den Zuschauern. Allerdings gab es einen Mann, der zu ihr hielt. Herr, oder besser Mister James Smith, amerikanischer Staatsangehöriger, warf sich in die Bresche. Er sprach besten schwäbischen Dialekt, den er mit amerikanischen Brocken mischte.

„Hi, ihr Nazis, ihr kriegt es mit mir zu tun, wenn ihr einen Schritt auf das Grundstück von Maria setzt. Ich hole jetzt meine Kalaschnikow, dann lege ich euch alle um.“ Er stellte sich vor den Veterinär, der erfolglos versucht hatte, auf Frau Schuhmann beruhigend einzureden, und nicht wusste, ob er den alten Amerikaner ernst nehmen sollte. Mister Smith war ein dürres und mickriges Männlein mit total verschrumpeltem Gesicht. Die kräftigen jungen Männer vom Veterinärzug wurden ungeduldig. Sie wollten ihn festhalten und abführen, denn sie merkten schnell, dass der kleine Mann nicht ernst zu nehmen war. Geitberg stoppte sie: „Nicht anrühren, das ist nicht unsere Angelegenheit. Wir holen die Polizei, die muss uns helfen. Ich kümmere mich drum, wir müssen Geduld haben."

Wie üblich funktionierte nichts. Das Funkgerät des Veterinärzuges hatte mitten im Ort, der in einem Tal lag, keinen Empfang, sie waren wohl in einem Funkloch. Auch das Handy konnten sie aus demselben Grund nicht benützen. Die nächste Telefonzelle war fünfhundert Meter entfernt. Dorthin wurden zwei Helfer beordert um einen Streifenwagen anzufordern. Sie zogen los, mit Kleingeld und Telefonkarte ausgerüstet.

Zwei andere wurden beauftragt, Mister Smith im Auge zu behalten. Man wusste nicht sicher, ob das mit der Maschinenpistole nicht doch ernst zu nehmen war.

Nach einer halben Stunde waren die Polizisten da. Geitberg erklärte die Situation: Es sei ihm peinlich, dass er die Beamten angefordert habe, aber er könne kein Risiko eingehen, Smith habe schließlich mit einer Waffe gedroht. Die Streifenbeamten kannten Smith.

„Der ist völlig harmlos. Der kann keiner Fliege was zu Leide tun. Aber wir bleiben noch etwas hier und passen auf ihn auf, damit Sie in Ruhe arbeiten können."

Frau Schuhmann hatte sich inzwischen etwas Neues einfallen lassen. Um Eindruck zu schinden, brach sie theatralisch mit lautem Geheul mitten auf der Straße zusammen, wie bei einem Schwächeanfall. Dort lag sie kurz, wobei ihre Augen funkelten, wenn sie die Passanten musterte. Plötzlich fiel ihr ein, dass mit der Aktion ja ihre finanziellen Interessen getroffen waren. Blitzschnell fuhr sie hoch, stellte sich wieder hin und schrie: „Aber dass ich mein Geld kriege! Zehn Mark für jede Henne und fünfzig für jede Gans! Frau Doktor hat's mir versprochen, dass ich eine Entschädigung bekomme!"

Dann wurde ihr aber bewusst, dass sie ja schwach, arm und hilflos war, und sie ließ sich wieder auf die Straße sinken, um laut zu jammern. Bald kamen ihr Zweifel, ob ihre Forderungen auch gehört worden waren. Sofort sprang sie wieder auf: „Zehn Mark für jede Henne und fünfzig für jede Gans, jawohl!“ Noch einmal sank sie auf den Boden, blieb aber nicht lange liegen. „Neun Mark für die Hennen und fünfundvierzig für die Gänse, oder ich sterb'“, versuchte sie es mit einem Preisnachlass.

Der Veterinär beruhigte sie, und sagte, er wäre noch mit jedem Tierbesitzer handelseins geworden, sie möge ihm doch endlich die Tiere zeigen. Inzwischen war Mr. Smith davongelaufen und nach einer Weile unbewaffnet zurückgekehrt. Er sah Frau Schuhmann am Boden liegen. Voller Zorn zog er seinen amerikanischen Pass aus der Tasche und zeigt ihn jedem, der ihn sehen wollte. Als auch das nichts nützte, lief er zu den Polizisten, zerriss den Pass und warf die Blätter nach den Beamten. Sie zeigten sich unbeeindruckt.

Eine Lösung bahnte sich an, als Geitberg drohte, wenn Frau Schuhmann so weitermache, gebe es kein Geld. Dies war so wirkungsvoll, dass Frau Schuhmann und Mister Smith mit ihrem Getue aufhörten, die Frau erhob sich und das Paar zog sich in die Küche ihres Bauernhauses zurück; dort müsse aber auch abgerechnet werden.

Nach mehr als einer Stunde konnte mit der wirklichen Arbeit begonnen werden. Zuerst waren die Tiere einzufangen.

Die Gänse spazierten auf einer ungefähr zwei Hektar großen Grünfläche neben der Straße herum. Sie hatten viele Versteckmöglichkeiten: Wäldchen, Büsche, Stapel mit altem Holz, eine baufällige Hütte und einen großen Teich mit schlammigen Ufern.

„Wenn uns die in den Teich gehen, sind wir verloren, wir versinken im Schlamm. Also aufgepasst, wir versuchen sie in die Hütte zu treiben.“

Geitberg teilte nach Erkundung des Geländes seine Leute ein. Sie bildeten eine Kette, die am gegenüberliegenden Zaun begann und trieben die zirka fünfzig Gänse vorsichtig vor sich her. Ursprünglich hatte er bei der Gemeinde Netze angefordert, mit denen im Winter Schneewehen von den Straßen ferngehalten werden. Der Sachbearbeiter, der die Netze bereitstellen sollte, hatte es besser gewusst und einen LKW mit Absperrgittern für Menschenansammlungen geschickt. Sie waren nicht zu gebrauchen. Die mannshohen Eisengitter nützten vielleicht bei einer politischen Demonstration, aber zwischen den Stäben konnte eine Gans bequem durchschlüpfen.

In der Hütte, offensichtlich der Futterplatz für die Gänse, war schon für die nächste Mahlzeit Getreide gestreut worden. Es klappte: Mit sanften Bewegungen und leisem „schsch, schsch" ließen sich die Tiere, ruhig schnatternd, in die Hütte treiben.

Die Jagd wurde von der gesamten Bevölkerung des Ortes, der Polizei und vielen Vorbeifahrenden beobachtet. Diese stellten ihre Autos einfach ab, um zuzuschauen. Die Straße war sofort blockiert. Es wurde gehupt, die Tiere wurden unruhig. Trotzdem watschelten sie in den Schuppen. Nach der letzten Gans wurde die Türe schnell geschlossen.

Als nichts mehr zu sehen war, verlief sich die Menge. Die Polizisten regelten den Verkehr, bis die Straße wieder frei war. Von der Tötung der Tiere durch Genickschlag bekamen die Zuschauer nichts mit. Sie verlief glatt. Mehrere große Mülltonnen wurden mit den Kadavern gefüllt. Zu spät merkte Geitberg, dass er vergessen hatte, die Tiere zu zählen – wegen der Abrechnung.

„Hat jemand mitgezählt?"

Natürlich nicht: Alle Kadaver mussten noch mal ausgeladen werden. Dann wurden die Tonnen an den Zaun gestellt, zur Abholung durch die Tierkörperbeseitigungsanstalt.

Die Männer gönnten sich keine Pause, es mussten noch ungefähr zwanzig Hühner gefangen werden, die im Stall hinter dem Haus, auf der anderen Straßenseite, gehalten wurden. Dies war schwierig, weil Frau Schuhmann, um die Jagd zu erschweren, die Tiere aus dem Stall gelassen hatte. Sie sollten es noch einmal schön haben, meinte sie. Die Hennen waren nicht dazu zu bewegen, wieder in den Stall zu gehen. Fütterversuche schlugen fehl, sie waren noch satt. Die Hühner hatten sich gleichmäßig im Garten verteilt, auf dem Misthaufen und unter den Haselnussbüschen. Das Bilden einer Treiberkette war hier nicht möglich. Geitberg entschied, dass man die Viecher einzeln fangen müsse. Die beweglichen Kleineren seiner Leute sollten die Hühner liefern, die schwerfälligen Großen im Stall die Tiere entgegennehmen und töten.

Im Stall war zwischen einigen Rindern ein ausgewachsener Stier angebunden. Als er die Fremden sah, wurde er unruhig, begann zu brüllen und zu scharren. Die altersschwachen Stricke zerrissen in kurzer Zeit, er kam frei und ging auf die Männer los. In panischer Angst versuchten alle, sich in Sicherheit zu bringen. Ein unerfahrener Bursche ließ sich von dem Bullen in eine Ecke drängen, er wurde gegen die Wand gedrückt – Lebensgefahr! Der Junge schrie und schlug mit den Fäusten auf den Bullen ein, die Kameraden versuchten das Tier abzulenken und wegzudrängen – umsonst. Fast hätte für den Jungen das letzte Stündlein geschlagen. Gott sei Dank gab die altersschwache Ziegelwand nach, ein Loch brach auf und in einer Staubwolke purzelte der junge Mann in den Garten. Er kam mit dem Schrecken davon, der Stier wurde von zwei Jungbauern, die die Ruhe bewahrt hatten, am Nasenring gepackt, zurückgeführt und wieder sicher festgebunden.

Nach einer Verschnaufpause ging die Hühnerjagd weiter. Der Veterinärzug war mit dünnen langen Stahlhaken ausgerüstet. Wenn man Glück hatte, konnte man damit ein Huhn am Bein fassen. Kluge Hühner hüpften über die Stange und ließen sich nicht fangen.

Es war wie im Comicfilm. Überall im Garten sah man junge Männer mit ausgebreiteten Armen hinter Hennen her laufen und unter Büschen durchkriechen. Aufgeregt gackerten die Tiere umher, einige flogen auf die Dächer der benachbarten Häuser und blieben dort auf den Firsten sitzen. Ein Helfer rutschte im Hühnerdung aus und fiel in den Dreck. Als man ungefähr die Hälfte der Hühner eingefangen und ins Jenseits befördert hatte, hielt man Kriegsrat. So konnte es nicht weitergehen. Ein Teil der Tiere war schon in die nächsten Gärten geflohen. Eine Nachbarin kam und jammerte, eines der getöteten Hühner gehöre ihr, es sei heute früh über den Zaun in den Garten von Frau Schuhmann geflogen, sie hätte nur noch keine Zeit gehabt, es zurückzuholen. Und jetzt habe man es umgebracht. Sie wolle zwölf Mark Entschädigung. Völlig genervt gab Geitberg ihr das Geld aus seinem privaten Geldbeutel; wie hätte er der Tierseuchenkasse diesen Posten erklären sollen.

Er gab seinen Leuten den Auftrag, noch so viele Hennen wie möglich zu fangen, aber nur die von Frau Schuhmann, und zu warten, ob noch welche vom Dach herunter oder aus den Gärten zurückkämen. Wenn man nicht alle erwischen könne, er wisse auch keinen Rat. Er gebe auf, hier sei eine sinnvolle Tierseuchenbekämpfung nicht möglich. Er ginge jetzt abrechnen und die anderen Formalitäten erledigen. Diesmal hatte man die getöteten Tiere gezählt, es wurde ja nach Tierzahl Beihilfe bezahlt.

Im Haus fand der Veterinär eine ärmliche Einrichtung vor: billige alte Sperrholzmöbel, Plastikvorhänge, keine Bilder oder Gegenstände, die die Wohnung verschönert hätten. Kaum zu glauben, dass die Frau schwerreich war. Vermutlich hinderte sie der Geiz, Geld für sich auszugeben.

Der Entschädigungsantrag wurde geschrieben. Den Wert der Tiere konnte der Tierarzt so gut schätzen, dass Frau Schuhmann zufrieden war. Mister Smith würdigte ihn keines Blickes. Als der Veterinär einen Schnaps angeboten bekam, den er ablehnte, holte der Amerikaner sich schnell das Glas und kippte es eilig. Danach sortierte er traurig die Blätter seines Ausweises und brummte: „Sie sind schuld daran."

Geitberg verabschiedete sich knapp und war froh, als er wieder im Freien war. Die kalte Luft tat ihm gut.

Eine sinnvolle Desinfektion des Geländes war kaum möglich. Seine Leute und Gemeindearbeiter streuten Löschkalk auf die Grünflächen und Wege.

Die Feuerwehr wurde gebeten, das alte Holz auf dem Anwesen zu versorgen. Sie führte am nächsten Tag eine Übung durch, in deren Verlauf das alte Holz verbrannt wurde. Dass die Hütte, in der die Gänse gefüttert worden waren, bei diesem Anlass auch mit abbrannte, war nicht geplant gewesen. Der Veterinärzug verzog sich so schnell und so unauffällig wie möglich. Sie hatten sich zwar mit Dreck, aber nicht mit Ruhm bedeckt. Auf der Heimfahrt diskutierte man andere Dinge. BSE war bei deutschen Rindern nachgewiesen worden. Es war nur noch eine Frage der Zeit, bis der nächste Einsatz wegen dieser Krankheit kam.

Ein Bauernsohn namens Hans Schmitt saß im Wagen neben seinem Zugführer. Während sich die anderen lautstark unterhielten, um den Motorenlärm zu übertönen, erzählte er Geitberg kaum hörbar, er wisse vermutlich, dass jemand Ohrmarken fälsche und Tieren eine neue Identität verschaffe. Er wolle bloß noch sichergehen, dann würde er ihm berichten. Bis dahin sollte nicht viel Zeit vergehen.

Drei Tage später läutete abends um acht Uhr das Telefon: „Wir haben zwei BSE–Verdachtsfälle. Der Chef will, dass alle Mitarbeiter morgen früh um sieben Uhr zur Besprechung da sind."

In dieser Nacht schlief Geitberg nicht ruhig.

Bei der ersten Besprechung am nächsten Morgen wurde mitgeteilt: „In zwei Betrieben besteht BSE–Verdacht. Das Ministerium hat gestern Abend die ersten Ergebnisse mitgeteilt. Die Bauern wissen Bescheid, die Betriebe sind seit gestern gesperrt. Das endgültige Ergebnis kommt von Tübingen morgen Abend. Heute um elf Uhr ist die erste Pressekonferenz. Bis dahin brauchen wir alle nötigen Unterlagen. Die anderen können noch ihren Routineaufgaben nachgehen, sollen sich aber bereithalten, wenn dringende Sachen zu erledigen sind."

Diese Daten vorzubereiten war Geitbergs Aufgabe. Als erstes rief er zuhause an, er dürfe jetzt nicht mehr gestört werden und wisse auch noch nicht, wann er heute heimkäme.

Dann setzte er sich an seinen PC und holte sich aus dem Internet das Herkunfts– und Informationssystem für Rinder, kurz HIT genannt. Jedes Kalb bekommt in der EU nach der Geburt eine Ohrmarkennummer. Jedes Mal, wenn das Tier den Besitzer wechselt, geschlachtet wird oder stirbt, wird dies dem HIT gemeldet. Der Veterinär hat zu diesem System Zugang. Er kann den Weg aller Tiere nachverfolgen. Ebenso kann er mit Mausklick feststellen, wie viele Tiere ein Landwirt zu einem bestimmten Zeitpunkt im Stall hat. So konnte er über die betroffenen Betriebe eine Aufstellung machen, die der Presse zur Verfügung gestellt werden sollte.

Wie bei einer Seuche, die durch infizierte Tiere übertragen wird, wurden die Tierbewegungen der letzten Zeit festgestellt und alles in einem Aktenordner dokumentiert. Die Namen der Höfe wurden vorerst geheim gehalten, irgendwer würde sie schon noch publik machen.

Haarscharf zur Pressekonferenz waren die Daten zusammengestellt, Geitberg nahm zwar an der Vorstellung teil, wurde aber kaum gefragt. Die Tischvorlagen, die er vorbereitet hatte, genügten den Ansprüchen.

Es waren viele Presseteams gekommen, der Saal war drückend voll. Auch einige Bauernvertreter waren gekommen. Beeindruckend war die Angst der Landwirte, die sich davor fürchteten, im eigenen Stall die Krankheit zu entdecken. Er sah bei der Konferenz erwachsene Männer weinen.

Damals wurde, wenn auch nur bei einem Tier BSE nachgewiesen wurde, die ganze Herde gekeult. Später ging man zur Kohortenlösung über. Bei der Kohortenlösung werden nur die Tiere entfernt, die ein Jahr vor oder nach dem BSE–Tier im Betrieb geboren wurden, ein wesentlich vernünftigeres Vorgehen.

Geitberg konnte verstehen, wie es den Bauern zu Mute war: Das völlige Räumen eines Rinderbestandes stellt für den Landwirt und seine Familie eine Belastung dar, die sich ein Außenstehender kaum vorstellen kann. Mit seiner Rinderherde ist der Bauer zusammengewachsen. Er kennt jedes Tier, oft von Geburt auf. Die Beziehung zu den Tieren ist wesentlich enger, als man von Außen vermuten kann.

Ansonsten gab es bei der Pressekonferenz nicht Besonderes. Die Berichte, die kurz darauf erschienen, waren erfreulich sachlich. Nachmittags fuhr Geitberg mit einem Kollegen das erste Mal zu dem Hof, für den er zuständig war, um eine Bestandsaufnahme zu machen.

Vor dem Gehöft standen Männer, die den Wagen stoppten. Der Hof hier wurde von Freunden des Bauern abgeriegelt. Der Veterinär, der gut bekannt war, durfte passieren. Bei all dem Kummer, den die BSE–Hysterie verursachte, war es eine gute Erfahrung: Die Umgebung der Familie, Kollegen, Nachbarn, wer immer nur konnte, engagierte sich, wo es möglich war.

Zum Beispiel half eine Nachbarin im Haushalt. Die Kinder wurden zur Schule gefahren, und wehe dem Fernsehteam, das gewagt hätte, ohne Erlaubnis der Posten auf den Hof zu fahren. Ein Team versuchte es. Den angedrohten Prügeln konnten die Fernsehleute nur durch rasche Flucht entkommen.

Kurz vorher war ein anderer Betrieb im Nachbarlandkreis wegen BSE von der Presse regelrecht belagert worden. Zum Glück verhielten sich die Medienvertreter in diesem Fall einigermaßen anständig und belästigten den Bauern nicht über Gebühr. Trotzdem war er ständig mit Anrufen und Interview-Wünschen beschäftigt.

Auch im Haus war Betrieb. Die Veterinäre mussten lange warten bis die Landwirtschaftsministerin, die gekommen war um Trost zu spenden, ihren Kaffee und Kuchen verspeist hatte. Endlich verließ der hohe Besuch das Anwesen.

Die Ministerin empfahl im Vorbeigehen den Veterinären die Vorschriften großzügig auszulegen: „Schätzen Sie gut.“

Es war ihr ein Anliegen den finanziellen Schaden für den Bauern so gering wie möglich zu halten. Geitberg hatte nichts anderes vorgehabt. Er erledigte die Aufgabe, wegen der Entschädigung den Bestand zu schätzen, zusammen mit den anderen Gutachtern so fair und taktvoll wie möglich. Freunde des Bauern hatten in einem riesigen Kraftakt alle Tiere gewaschen und gestylt, damit der Bestand bei der Schätzung so gut wie möglich aussah.

Dem Veterinär standen bei dieser Arbeit mehrmals die Tränen in den Augen. Die Situation, kerngesunde Tiere wegen der öffentlichen Hysterie töten zu müssen, machte ihn traurig. Die angebotene Vesper schlug er aus, die Sache hatte ihm den Appetit verdorben. Bedrückt fuhr er mit seinem Kollegen nach Hause. Alle warteten auf das endgültige Untersuchungsergebnis. Die Befunde der beiden

Tiere, die am nächsten Abend über das Telefon kamen, überraschten nicht mehr: Einmal lautete er positiv, einmal negativ.

Geitbergs Hof musste nun geräumt werden, der andere Betrieb war frei. Die Kollegen, die für den anderen Hof zuständig waren, konnten wieder ihrer normalen Arbeit nachgehen.

Auf Geitberg kam eine Menge an Aufgaben zu. Die Räumung des Bestandes wurde geplant: Das Team des Veterinäramtes hatte schon ähnliche Unternehmungen durchgezogen. Man kannte sich und konnte sich aufeinander verlassen.

Geitbergs Chef hatte sich alle Einmischung von anderen Behörden verbeten.

„Wir organisieren es nach unserem Wissen, wir haben Erfahrung und lassen uns nicht dreinreden."

Polizei, technisches Hilfswerk, Viehtransporteure und Tierkörperbeseitigung waren schon vorab informiert, es wurden nur noch die Details festgeklopft. Auch die Entnahme der Gehirne und der Weitertransport der Kadaver in die Verbrennungsanlage mussten geplant werden.

Behinderungen waren zu befürchten durch radikale Tierschützer und rücksichtslose Reporter. Um ihnen keine Gelegenheit zu geben, sich zu formieren, legte man den Termin gleich auf die nächste Nacht.

Der Bauer wurde natürlich eingeweiht. Er entschied sich dafür, seine Kinder, sie sollten in der Nacht nicht aufwachen, zu Verwandten zu geben.

Die Mitglieder des Veterinärzugs bestellte man für drei Uhr morgens auf das Gelände einer nahen Tankstelle. Um möglichst wenig Fahrzeuge auf dem Hof zu haben, sollten sie dort ihre privaten Autos abstellen. In der Nacht fing es an zu schneien. Zum Glück blieben die Straßen frei. Die schweren Tiertransporter hätten sonst nicht fahren können.

Geitberg traf, obwohl er eine Stunde zu früh um zwei Uhr nachts am Treffpunkt war, bereits Helfer an. Ihnen war es wie ihm gegangen, sie wollten bei den unsicheren Straßenverhältnissen kein

Risiko eingehen und zu spät kommen. Im Stockdunklen stand man schweigend nebeneinander, es war lausig kalt. Allmählich ging der Schnee in Regen über.

Nach kurzer Zeit kam der erste Streifenwagen. Halblaut unterhielt man sich über die Maßnahmen. Etwa fünfzig Polizisten waren in der Gegend verteilt und beobachteten das Gelände.

In einiger Entfernung stünde eine Hundertschaft der Bereitschaftspolizei bereit. Geitberg empfand ein Gefühl der Wärme. Es tat gut zu wissen, dass man nicht alleine war. Von den fanatischen Tierschützern, deren Eingreifen befürchtet wurde, war nichts zu sehen.

Plötzlich fuhr ein voll besetzter Omnibus mit Kölner Autonummer auf den Parkplatz, im Schritttempo an den Männern vorbei und langsam und zögernd hinter die Tankstelle, wo er hielt. Misstrauisch beobachtete man die Unbekannten. Nach einiger Zeit setzte sich der Bus wieder in Bewegung, ohne dass jemand ausgestiegen wäre. War das ein Stoßtrupp der Tierschützer?

„Den behalten wir im Auge" sagte die Bestatzung des Streifenwagens und folgte ihm. Es handelte sich – wie sich später herausstellte – um eine harmlose türkische Reisegruppe, die auf dem Weg von Köln in die Türkei nur einen Platz zum Austreten gesucht hatte. Vermutlich ängstigten sie sich grundlos, als bis zur Kreisgrenze ein Streifenwagen auf sie aufpasste.

Inzwischen waren die Viehtransporter angekommen. Der Veterinär und einige Männer fuhren mit Geitbergs Auto auf den Hof, um die günstigste Art der Verladung zu besprechen. Polizei und Nachbarn hatten die ganze Nacht das Gelände bewacht, sie sagten, es sei alles ruhig gewesen. Über Funk wurden die Mannschaft und die Wagen herbeigerufen. Allmählich entwickelte sich geschäftiges Treiben. Der erste Viehtransporter wurde rückwärts an den Stall herandirigiert, die Rampe aufgeklappt und der Boden mit Stroh eingestreut.

Nach Größe sortiert führten die Helfer zuerst die kleineren Rinder in die großen Laderäume. Die Männer des Veterinärzuges – Geitberg hatte in erster Linie Bauern ausgewählt, die selbst Rindvieh hielten – verstanden ihre Aufgabe. Ohne ein lautes Wort wurden die Tiere – später hieß es – hinausgestreichelt. Kurze Aufregung: Keiner hatte daran gedacht, den Kühen die Halsbänder abzunehmen, die für die automatische Fütterung notwendig waren. Schnell wurden passende Schraubenschlüssel besorgt und, es waren genügend Helfer da, ruhig aber zügig wurden die Bänder geöffnet und in einen Korb geworfen. Die Stimmung war bedrückt, kein lautes Wort fiel.

Einige höhere Beamte hatten sich dazugesellt, sie unterhielten sich flüsternd. Auch der Ortsvorsteher stand dabei, um den Bauern zu unterstützen. Allmählich zog die Kälte der Nacht in den Stall, es war eine ganz besondere Atmosphäre. Keiner, der dabei war, wird sie so schnell vergessen.

Bei einigen Männern schimmerten die Augen verdächtig. Besonders schlimm war es für eine junge Landwirtschaftspraktikantin, die auf dem Hof arbeitete. Sie liebte offensichtlich eine Kuh ganz besonders. So lange wie möglich saß das Mädchen an das Tier angeschmiegt, das ruhig in seiner Bucht lag. Erst als der Bauer sie ernst ansprach, ließ sie die Kuh aufstehen und ging weinend hinter dem Tier her, als es zum Wagen geführt wurde.

In überraschend kurzer Zeit war der Stall leer. Der Bauer löschte das Licht und machte die Stalltür zu, alltägliche Tätigkeiten, die dieses Mal eine besondere Bedeutung hatten.

Die Polizei fuhr dem Konvoi aus Tiertransportern voraus. Niemand störte, die befürchteten Demonstrationen und Straßensperren blieben aus.

Auf dem Gelände einer stillgelegten Mülldeponie war vom Technischen Hilfswerk ein Strahler aufgestellt worden. Er riss auf dem Gelände eine Lichtinsel aus der Dunkelheit. Der Regen fiel in silbernen Wolken, wenn man ins Licht schaute. Im Osten begann es grau zu werden.

Die großen Transporter der Tierkörperbeseitigung standen als dunkle Mauern im Hintergrund. Es waren viele Helfer gekommen: vom Landwirtschaftsamt, sie halfen bei der Dokumentation: Von anderen Veterinärämtern, auf sie wartete die unangenehme Aufgabe, das Gift zu injizieren. Die Männer schüttelten sich ohne viele Worte die Hände. Die meisten von ihnen kannten sich, man hatte schon ähnliche Aktionen hinter sich. Die traurige Aufgabe lief ruhig und zügig ab. Es war kaum etwas zu hören. Helfer führten die Tiere heran, ein Team hielt die Kuh fest, die Nadel ging in die Vene, einer spritze das Gift und das Tier war blitzschnell betäubt und brach zusammen.

Sobald der Tod festgestellt war, wurde der Kadaver angekettet und von einem großen Kran in einen LKW verladen. War er voll, fuhr er zur Tierkörperbeseitigungsanstalt, wo die Gehirne für die BSE–Untersuchung entnommen wurden. Bald war das Meiste vorbei. Inzwischen war es Tag geworden. Der kalte Regen dauerte an.

Die Presse wurde noch verständigt. Die Reporter kamen prompt und machten ihre Aufnahmen. Es gefiel ihnen nicht, was sie sahen. Einer befragte Geitberg nach den Einzelheiten. Vor allem interessierte er sich für die Technik der Tötung. Als der Veterinär ihm erklärte, dass das Mittel hervorragend geeignet sei, auch Menschen zu töten, wurde der Reporter blass und zog sichtlich beeindruckt ab.

Geitberg hatte seine Ruhe.

Nach einigen Stunden war alles vorbei. Die Natur forderte ihr Recht: Die Helfer saßen müde herum, aßen Fleischkäsewecken und besprachen das Vorgefallene. Es wollte nicht richtig hell werden, hatte aber zu regnen aufgehört. Die Scheinwerfer waren ausgeschaltet.

Geitberg hatte die Andeutungen seines Mitarbeiters vom Geflügeleinsatz nicht vergessen. Er setzte sich absichtlich neben Schmitt und trank ihm mit einer Bierflasche zu: „Na, alles gut überstanden?"

„Klar, aber es ist und bleibt eine Scheißsituation, gesunde Tiere völlig grundlos, bloß wegen einer Massenhysterie umzubringen. Heute hat jeder Bauer Angst, in den Stall zu gehen. Wenn eine Kuh nervös ist, sich ungewöhnlich benimmt, oder sonst irgendwie komisch ist, denkt jeder bloß noch an BSE."

Geitberg nickte. „Sie wollten mir neulich was sagen, zum Umgang mit Ohrmarken?"

Schmitt dacht lange nach, dann senkte er die Stimme: „Wissen Sie, zu Ihnen habe ich Vertrauen, Sie kenne ich seit langem. Was meinen Sie? Was macht ein Bauer, dem eine Kuh eingeht, bei der er mit BSE rechnet?"

„Er muss sie abholen lassen, von der TKBA, der Tierkörperbeseitigungsanstalt, dann wird sie untersucht."

„Und wenn er das vermeiden will?"

„Keine Ahnung!"

„Dann gibt es irgendwo im Wald ein Erdloch, da kommt das Elend rein, zugeschoben, fertig. Keine Untersuchung, kein BSE."

„ Und die Ohrmarke – und die Meldung an das Zentralregister HIT?"

„Kein Problem: mit einem Haarföhn das Plastik der Marke aufweichen, mit einer Spreizzange aufdehnen, Ohrmarke abziehen, fertig."

„Aber irgendwann fällt doch auf, dass die Kuh nie stirbt, sie wird ja im Computer nicht gelöscht."

„Das ist doch kein Problem. Es gibt jemand, der für solche Ohrmarken gutes Geld bietet. Der kauft jeden Schrott, der stört sich nicht dran, ob eine Kuh halbtot ist, oder gar keine Ohrmarke hat. Ich sag Ihnen sogar, wer es ist."

Er beugte sich vor, und flüsterte:

„Der sitzt in Hintervossen. Aber seien Sie vorsichtig, man munkelt so allerlei. Bei dem hab's neulich einen Toten gegeben, der sei nicht von alleine gestorben, da hab' einer nachgeholfen, sagen die Leute." – „Was wissen Sie denn darüber?"

„Wissen tu ich gar nichts. Aber die Leute reden so herum. Der Tote, er hieß Peter Bucher, sei ein ganz krummer Hund gewesen. Dem habe man nicht trauen dürfen. Ich kannte den Peter persönlich. Also, ich könnt' mir denken, dass der seinen Chef erpresst hat. Aber ich weiß nichts Zuverlässiges, zu mir war der Peter immer normal. Bloß einmal, da hat er bei uns auf dem Hof einen Bullen abgeholt, zum Schlachten. Wir mussten auf meinen Vater warten. Ich war auch kurz weg. Als ich zurückkam stand er an meinem Schreibtisch, in meinem Arbeitszimmer neben der Milchkammer, und hat drauf herumgesucht."

„Und, was hatte er für eine Ausrede?"

„Er meinte, er hätte einen Kugelschreiber gesucht. Aber dafür hätte er nicht in den Papieren wühlen müssen, Kugelschreiber stehen mehrere deutlich sichtbar in einem Behälter auf dem Tisch."

„Was meinen Sie, hat er gesucht?"

„Keine Ahnung, aber es könnte sein, dass mit den Futtermitteln was nicht in Ordnung war. Wissen Sie, das war in der Zeit, als die Verfütterung von Tiermehl verboten wurde, und Grommer handelt mit allem, wo was zu verdienen ist. Wissen Sie, ich hab' noch nie einen Kollegen hingehängt. So was tut man nicht. Aber wenn das rauskommt, dass da mit den Futtermitteln was faul ist, dann ist der Schaden für die gesamte Bauernschaft riesig. Ich hab' nichts gesagt, wenn man mich fragt."

In dem Moment sprach ein gegenübersitzender Helfer einen Mann an, der offensichtlich schon einige Zeit hinter den beiden gestanden hatte.

„Kann man ihnen helfen?"

Es war ein Vertreter einer örtlichen Zeitung. „Ich suche den Leiter des Veterinärzuges, wo finde ich ihn?"

Geitberg erhob sich und überlegte, ob der Reporter etwas vom vorangegangenen Gespräch mitgehört haben könnte. Kaum möglich, oder doch? Im nachfolgenden Interview wurden die Struktur und Aufgaben des Veterinärzuges besprochen. Aber der Veterinär war nicht bei der Sache, ihn beschäftigten die Informationen, die er soeben erhalten hatte.

Der Reporter befragte noch einige Helfer, dann zog er wieder ab. Geitberg versuchte noch herauszubringen, wie lange der Lauscher hinter ihnen gestanden hatte.

„Der hat nichts hören können", war die allgemeine Meinung.

Die Männer fuhren bald heim, das Wetter war zu ungemütlich. Im Auto sorgte die Heizung bald für Wärme. Geitberg sinnierte, dass, wenn man alle Helfer und ihre Familien zusammen zählte, wohl einige hundert Menschen von der Aktion gewusst hatten. Aber alle hatten dicht gehalten, die Presse wurde erst informiert, als sie keinen Schaden mehr anrichten konnte.

„Schön, wenn Menschen so zusammenhalten", dachte er. Allmählich wurde er müde. Auf einer kurvigen Straße nickte er am Steuer ein, aber er hatte Glück. Der Wagen landete auf einem Acker, von dem er aus eigener Kraft wieder auf die Straße kam. Das Auto nahm keinen Schaden, Geitberg erschrak fürchterlich und passte sehr auf, nicht wieder einzuschlafen. Als er sich zuhause nach dem Duschen auf die Waage stellte, sah er, dass er in der letzten Woche vier Kilo abgenommen hatte, so sehr war ihm die BSE-Angelegenheit auf die Nerven gegangen. Er genoss das Wochenende und schlief sich richtig aus.

Oskar

Mehrere Monate später, der Frühling war ins Land gezogen, gleich nach Dienstbeginn an einem Montag, holte Mario Masser den Veterinär mit dem Zivilfahrzeug ab. Der Termin war schon Wochen vorher abgemacht worden. Nach den üblichen Begrüßungen unterhielten sie sich zuerst über belanglose Themen.

Bald kamen sie auf die Ereignisse bei Grommer zu sprechen. Der Veterinär war neugierig.

„Gibt's was Neues von unserer Leiche?"

„Es gibt immer noch keine Hinweise auf ein Motiv. Niemand hat einen Nutzen aus Buchers Tod. Kein bedeutendes Erbe, seine Schwester hätte sowieso sein Vermögen geerbt. Da war aber nicht viel. Nur das gemeinsam genutzte Wirtshaus „Adler". Da hat er an den Wochenenden mitgearbeitet, dort fehlt er jetzt. Sie haben zwar ab und zu jemand als Aushilfe eingestellt, ein Mann im Haus ist aber nicht so leicht zu ersetzen. Die Todesumstände sind nach wie vor unklar, wahrscheinlich ein Unfall.

Etwas ist komisch: An dem Stiel der Mistgabel waren keine Fingerabdrücke. Sieht so aus, als wäre der Stiel abgewischt worden. Das kann beim Saubermachen nach dem Melken passiert sein. Der Tote hatte Arbeitshandschuhe an, das würde passen. Ansonsten war die Gabel so voll frischen Mistspritzern und Speichel von den Kühen, dass die Spurensicherung schier verzweifelt ist."

„Und dass er einen Herzschlag erlitten hat und in die Gabel gefallen ist?"

„Der war gesund wie ein Fisch im Wasser, sagte die Gerichtsmedizin, der hätte noch alt werden können. Die endgültige Todesursache ist eindeutig, der Gabelzinken hat die Aorta aufgeschlitzt, der muss umgekippt sein, wie wenn man einen Fernseher ausschaltet, einfach klick – aus."

„Und Feinde?"

„Darüber ist uns nichts bekannt. Wir haben schon seine Vorstrafen überprüft. Vor elf Jahren mal eine Wirtshausschlägerei im Adler, wegen eines Mädchens, aber sonst nichts. Vermutlich wird das Verfahren eingestellt." – „Oder auch nicht", hob der Veterinär die Hand und erzählte, was er damals von seinem Veterinärzughelfer über den Erpressungsverdacht und das Tiermehl erfahren hatte. Masser hörte zwar zu, zeigte aber wenig Interesse.

„Gerüchte kursieren bei einem unklaren Fall immer. Da ist doch nichts Ernstes dabei. Kühe im Wald vergraben, so ein Blödsinn. Das fällt doch auf. Wir vom Wirtschaftskontrolldienst werden immer wieder zu unerlaubten Erdbewegungen gerufen, so etwas kannst du fast nicht verbergen. Natürlich, einige hundert Kubikmeter Erde darf ein Bauer ablagern oder umschieben, da braucht er keine Genehmigung, aber in dem Moment, wo er ein Feuchtbiotop oder so was ähnliches bloß scharf anschaut, kommt er dem Naturschutz in die Quere."

Geitberg war noch nicht überzeugt.

„Eifersucht, Hass, Neid, Rache, habt Ihr das alles überprüft?"

„Komm, hör doch auf. Die Leute von der Kripo sind auch nicht dumm. Das haben die alles abgeklopft. Ich glaube, Du bist enttäuscht, weil es kein Mord ist."

Geitberg sagte nichts mehr. Nach einigen Kilometern fing er noch mal an.

„Das gibt's doch nicht, dass damals keiner von den Anderen auf dem Hof was bemerkt hat."

Masser wurde ärgerlich. „Jetzt hör' endlich auf, Du gehst mir auf den Nerv. Ich hab' Dir sowieso schon viel zu viel erzählt, hoffentlich hältst Du den Mund."

Das Gespräch war beendet, sie standen vor der ersten Metzgerei, die sie heute überprüfen wollten. Aus dem Kofferraum holten sie ihre weiße Schutzkleidung.

„So ordentlich wie in Deinem Wagen sollte es in meinem Kofferraum mal aussehen. Ich muss dringend mal wieder aufräumen. Ich hab immer wieder ganze Plastiksäcke voll schmutziger Stallmäntel herumliegen. Hoffentlich komme ich bald wieder mal dazu, irgendwas stinkt mir das ganze Auto voll. Meine Frau weigert sich schon, bei mir mitzufahren."

Irgendwo in einem Kämmerchen in Geitbergs Gedächtnis war etwas, was er noch erledigen wollte, es hatte mit einem Stallmantel zu tun, aber es fiel ihm nicht mehr ein.

Die Beamten kontrollierten den Fleischerbetrieb. Er war ordentlich geführt und es gab nur einige Kleinigkeiten zu beanstanden. Am Ende der Begehung standen der Inhaber und die Kontrolleure zusammen und hielten noch einen kleinen Schwatz. Hauptthema war die BSE–Krise. Der Fleischhandel litt unter starken Umsatzrückgängen. Masser wollte dem Veterinär zeigen, wie abwegig sein Verdacht mit den vergrabenen Kühen war, und fragte den Metzger:

„Was kann ein Bauer denn tun, um kein BSE in den Stall zu bekommen."

Der kratzte sich unter der weißen Mütze am Kopf.

„Eigentlich gar nichts. BSE hat man – wenn überhaupt – seit langem im Stall. Man kann höchstens versuchen, sie nicht ausbrechen zu lassen. Bei ganz jungen Kühen oder ganz alten besteht kaum Gefahr. Sorgen hat man halt bei den Mittelalten, die gibt man ja nur her, wenn sie nicht in Ordnung sind. Die lässt man eingehen und dann gibt es zwei Möglichkeiten: Entweder, man lässt das Tier verschwinden, oder man lässt es liegen, bis es halb verfault ist. Dann funktioniert der BSE–Test nicht mehr, dann kann man die Krankheit nicht mehr nachweisen." Er schwieg eine Weile, dann fuhr er fort, „ – sagt man. Ob das auch stimmt, weiß ich nicht. Bei mir ist noch keiner gewesen, der da was drehen wollte."

Mehr wollte der Metzger nicht sagen, er kam lieber auf das Wetter zu sprechen. Geitberg und Masser grüßten und warfen ihre Schutzkleidung in den Kofferraum. Ein kurzes Winken, dann fädelten sie sich in den Verkehr ein. Die beiden Beamten hingen ihren Gedanken nach, als sie zum nächsten Fall, Tierschutz, einem Bauer namens Nazwein, fuhren. Die Überlegungen, wie man tote Kühe beseitigen könnte, führten sie nicht weiter.

„Walter, weißt du eigentlich, warum deine Kollegin nicht mehr zu Nazwein will?"

Der schreckte aus seinen Gedanken auf.

„Du meinst die Kurn, nein, keine Ahnung, sie hat so komisch rumgedruckst, sie ist manchmal ein bisschen eigen.“

Der Bauer, zu dem sie unterwegs waren, beschäftigte die Behörden schon lange. Er hatte ein gestörtes Verhältnis zu seinen Mitmenschen, ganz besonders aber zu Vorschriften der Obrigkeit. Sie galten für ihn einfach nicht. Er war im Grunde gutmütig, riesengroß, trug einen schwarzen langen Vollbart, verfügte über Bärenkräfte und lebte alleine.

Als Kind hatte er bei einem Unfall eine Schädelverletzung erlitten. Solange sein Vater lebte und ihn und den Hof leitete, ging alles gut. Oskar Nazwein versorgte den Stall und pflegte sein Hobby. Er spielte hingebungsvoll Trompete in der Musikkapelle des Dorfes. Dann starb der Vater, inzwischen war Oskar sechzig Jahre alt. Als erstes reduzierte er seinen Wasserverbrauch, das heißt, er wusch sich nicht mehr. Es traf ihn hart, als er deshalb aus der Musikkapelle ausgeschlossen wurde. Aber es war niemandem zuzumuten, neben ihm zu sitzen, er stank zu sehr.

Dann gab es Probleme mit der Milch, die seine Kühe lieferten. Die Milchkammer war ein Dreckloch, in dem er nicht mehr sauber arbeiten konnte. Die Milchqualität ließ ständig nach. Es kam zu Beanstandungen und Milchgeldabzug – das Milchgeld war seine Haupteinnahmequelle.

Er war einer von den Menschen, die immer den Anderen die Verantwortung zuschieben. Wenn jemand kam und ihm Vorwürfe machte, waren immer die Anderen schuld, also gab es nichts zu ändern. Zwischendurch ging es für einige Zeit besser: Er konnte ein kleines Häuschen auf seinem Anwesen an eine Lehrerin der nahen Waldorfschule vermieten.

Die Anwesenheit eines weiblichen Wesens auf dem Hof wirkte sich günstig aus. Oskar putzte wieder, die Milch war wieder in Ordnung, es ging aufwärts. Aber nach ungefähr einem Vierteljahr war die Romanze vorbei, die Lehrerin hatte genug vom biologischen Leben und Oskar verfiel wieder in den alten Trott. Danach, als es noch Hoffnung auf eine Besserung gab, versuchte Geitbergs

Kollegin, Frau Dr. Kurn, zu helfen. Sie hatte Mitleid mit Oskar. Er war ja auch immer einsichtig, wenn sie ihm gute Ratschläge gab, und sie beschloss, einmal richtig Ordnung in den Betrieb zu bringen.

Sie bewaffnete sich mit Schutzkleidung, Gummistiefeln und Putzzeug, um Oskar zu zeigen, wie eine saubere Milchkammer aussehen sollte. Einen ganzen Samstagvormittag räumte den Dreck und die Spinnweben weg. Alle Leitungen und Behältnisse wurden geputzt bis sie funkelten.

Auch Oskar bekam einen weißen Mantel. Den sollte er in Zukunft tragen, wenn er in der Milchkammer arbeitete. Oskar war begeistert, dass es so nette Veterinäre gab, erzählte ununterbrochen von seinem Leben, tat aber keinen Handstreich. Er versprach hoch und heilig, alles sauber zu halten und gelobte Besserung. Die Aktion von Frau Kurn war umsonst. Nach einem Monat herrschten wieder die alten Zustände.

Dann hörte Oskar auf, die Tiere zu misten. Als die Tiere so hoch im Dreck standen, dass es nicht mehr zu dulden war, versuchte Frau Kurn mit Androhung von Zwangsgeldern Ordnung zu schaffen. Das hatte kurzen Erfolg. Allerdings lagerte Oskar den Mist verbotenerweise in einem Wasserschutzgebiet ab, was ihm ein weiteres Bußgeld einbrachte.

Die Zustände wurden immer schlimmer. Ihm wurde – als letztes Mittel – die Wegnahme der Tiere angedroht. Die bevorstehende „Höchststrafe" zeigte wieder für ein Vierteljahr Wirkung. Regelmäßig sah die Veterinärin auf dem Hof nach dem Rechten. Von einer dieser Besichtigungen im letzten Herbst, die er zusammen mit Frau Kurn durchgeführt hatte, berichtete jetzt Masser.

Die Verhältnisse waren soweit zufrieden stellend gewesen, dass keine größeren Maßnahmen ergriffen werden mussten. Masser saß nach der Begehung schon am Steuer und steckte den Zündschlüssel ins Schloss – die Tierärztin hatte auf dem Beifahrersitz Platz genommen. Es war ein warmer Tag.

Oskar trug seine Sommerkleidung: zerrissene Gummistiefel, keine Strümpfe, eine vor Kuhmist steife, schmutzig braune Hose, die an Hosenträgern aus Bindeschnur hing. Die Hosenbeine waren zerfetzt, die Knöpfe abhanden gekommen.

Den Hosenschlitz hatte er mit einem rostigen Nagel, den er abwechselnd rechts und links durch den Stoff gesteckt hatte, notdürftig zusammengesteckt. Wenn er sich bückte bestand große Verletzungsgefahr für seinen Unterbauch.

Beim Hemd war das ursprüngliche Muster noch zu erkennen, rot–grün kariert. Allerdings war nach dem Augenschein davon auszugehen, dass er es seit Monaten nicht gewechselt hatte.

Oskar hatte eine Angewohnheit: Während der Kontrolle schwieg er ängstlich. War aber alles vorbei, dann fing er zu reden an – und wie er redete. Auf seinem Einzelhof konnte er mit niemand sprechen, alles, was sich aufgestaut hatte, musste jetzt raus. Es war amüsant, ihm zuzuhören, er war ein Bauern–Philosoph mit ungewöhnlichen Meinungen, aber spätestens nach einer Viertelstunde wurde er lästig. So war es auch heute:

Kaum saß Frau Dr. Kurn im Auto, kam Oskar und erzählte. Dabei lehnte er sich über die offene Türe, er redete und redete. Der Nagel, der seine Hose zusammenhalten sollte, war verloren gegangen. Da er keine Unterhosen trug und die Hose – steif vom Dreck – weit vom Körper abstand, hingen seine Genitalien völlig frei ungefähr vierzig Zentimeter vor Dr. Kurn in Augenhöhe.

Und er hörte nicht auf, seine Geschichten zu erzählen. Die Veterinärin versuchte entsetzt und angeekelt die Türe zu schließen. Das gelang mit Mühe – Oskar hielt den Türrand zuerst fest – er beugte sich noch mehr über den Wagen, redete durch das offene Schiebedach zu ihr herab. Aber dadurch kam das Objekt noch näher vor ihre Nase und das Fenster war offen.

Masser fuhr nicht weg. Er schaute wie gebannt auf das Schauspiel und lief allmählich blau an. Er hatte anscheinend Schwierigkeiten, Luft zu holen. Erst als ihn Frau Kurn fast anschrie, er solle doch zufahren, startete er den Motor und rollte langsam an, um Oskar Gelegenheit zu geben, sich vom Wagen zu erheben und wieder das Gleichgewicht zu finden. Oskar jedoch war so glücklich, Zuhörer gefunden zu haben, dass er ständig plappernd neben dem Wagen herlief, solange er langsam fuhr. Dass dabei seine Kleidung noch weiter auseinander fiel, störte ihn nicht.

An der Hofgrenze wurde der Wagen schneller. Oskar blieb zurück, er hatte die Situation nicht wahrgenommen. Außer Sicht hielt Masser bei nächster Gelegenheit an, stieg ächzend aus dem Auto und machte Atemübungen.

„Warum bist Du Schuft nicht viel früher losgefahren“, schimpfte die Kurn.

„Ich konnte nicht, ich wäre vor Lachen schier umgekommen. Dann kriegte ich keine Luft mehr, ich hatte einen Lachkrampf, das tut vielleicht weh. Warum hast Du denn das Fenster nicht hochgekurbelt?“

„Ich hatte Angst, ihm sein Glockenspiel einzuklemmen.“

Bei dieser Vorstellung war es um Masser geschehen. Er jubelte, bis er wieder seinen Lachkrampf bekam. Mit schmerzverzerrtem Gesicht bog er sich in Atemübungen. Dann bekam er wieder einen Lachanfall und der Ablauf begann von neuem. Erst nach geraumer Zeit war er in der Lage, weiterzufahren.

„Und dann habe ich wohl auf der Weiterfahrt zu viele anzügliche Bemerkungen gemacht. Jedenfalls ist seitdem deine Kollegin stocksauer mit Oskar und mir“, beendete er grinsend seinen Bericht.

Dr. Geitberg hatte schallend gelacht: „Jetzt ist mir klar, warum der Fall an mir hängen geblieben ist. Die Dame sollte nicht so empfindlich sein. Aber ich kann Sie irgendwie verstehen. Mich ekelt vor dem Kerl, und wenn ich ihm die Hand gegeben habe verspüre ich das dringende Bedürfnis, mir die Pfoten zu waschen. Bin mal gespannt, wie er heute ausschaut?“

„Wieso?“

„Als ich vor einem Monat hier war, du warst nicht dabei, hatte ihm eine Kuh auf den Kopf geschissen. Er trug diesen „Hut“ wie ein schräg sitzendes Käppi. Nach einer Woche waren noch wesentliche Teile vorhanden. Ich kam nach zwei Wochen noch mal vorbei, da war das Kuhmist-Käppi weitgehend abgefallen, bis auf den Rand. Mal sehen, ob heute noch was davon vorhanden ist. Hoffentlich ist er auch zuhause."

Bei der folgenden Begrüßung achteten beide auf die Hauptes-zier. Und tatsächlich: Wie der Ansatz eines Heiligenscheines, waren noch die kreisförmig angeordneten Ränder des Kuhfladens, der vor langem Oskar getroffen hatte, vorhanden. Seitdem hatten kein Kamm und kein Tropfen Seifenwasser das edle Haupt berührt.

Die Kontrolle des Tierbestandes zeigte nichts, was den Veterinär gestört hätte. Die Tierzahl war zurückgeführt worden – scheinbar, wie sich später herausstellen sollte – so dass Oskar seine Herde ordnungsgemäß pflegen konnte. Um die Milch, die als Nahrung für Menschen bestimmt war, brauchten sich die Beamten nicht mehr zu kümmern. Die Molkerei hatte ihm die Milchabnahme längst gekündigt. Jetzt bedienten sich die Kälber unmittelbar bei ihren Müttern und gediehen prächtig.

Oskar wurde ermahnt, die Tiere ordentlich zu halten. Er hielt seinen Abschiedsmonolog, diesmal ausreichend bekleidet (es war kühl) und die Beamten fuhren zurück zur Dienststelle.

Am nächsten Tag bekam Geitberg einen dringenden Anruf von der Stadtverwaltung in Wengen. Es waren einige Beschwerden eingegangen. In einer Siedlung wurde ein Rottweiler gehalten. Die Nachbarn hatten Angst vor dem Hund, wenn er frei herumlief.

Der Veterinär möge doch hinfahren und den Hund begutachten. Von seinem Gutachten machte es die Stadt abhängig, ob sie dem Hundebesitzer Vorschriften auflegte. Es passte gut. Geitberg musste sowieso am nächsten Tag in diesen Ort, da konnte er nach dem angeblich bissigen Hund sehen. Der Himmel meinte es gnädig, es regnete nicht, die Wolken verzogen sich allmählich und die Sonne spitzte herunter.

Die genannte Adresse war leicht zu finden. Eine schöne Wohngegend mit grünen Gärten, einigen Wohnblocks und vielen Einfamilienhäusern. Vor dem Haus war ein Parkplatz frei. Eine Frau in mittleren Jahren öffnete auf das Klingeln. Sie wurde schnell ärgerlich, als sie von dem Grund des Besuches erfuhr.

„Ja, natürlich haben wir einen Hund. Die Bess ist völlig harmlos, die tut niemandem etwas zu Leid. Kommen Sie mit und schauen Sie selbst.“ Sie gingen durch eine Glastür über die hintere Veranda in den Garten, der von der Straße aus nicht einzusehen war. In einem Verschlag links am Zaun saß völlig ruhig hinter einer Gittertüre ein großer, schwarzbrauner Hund.

„Das ist Bess. Sie sehen selbst, sie ist völlig harmlos.“

Während sie sich unterhielten, betrachtete Geitberg den Rottweiler. Ein schönes Tier, gut ernährt, mit glänzendem Fell. Es saß völlig ruhig, ließ aber den Fremden nicht aus den Augen, die kalt funkelten. „Normal nimmt mein Mann sie an die Leine. Ich kann den Hund nicht so gut halten. Natürlich kommt es mal vor, dass sie frei herumläuft. Aber es ist noch nie was passiert. Ich zeig Ihnen wie brav sie ist. Guter Hund, komm, komm!“ lockte sie den Hund.

Die Gittertüre wurde geöffnet. Zuerst blieb Bess ruhig sitzen, als ginge sie das Ganze nichts an. Die Vögel zwitscherten, die Sonne schien, es war noch morgenkühl.

Ohne zu warnen oder zu knurren, ansatzlos explodierte der Hund. Lautlos, mit einem Zwischensprung, wie ein Gummiball, sprang Bess die vier Meter auf Dr. Geitberg zu, ihr Gebiss packte ihn am Handgelenk. Es fühlte sich an, als schlüge eine Stahltüre über seiner Hand zusammen. Er taumelte, versuchte seine Hand aus den Zähnen zu lösen. Die Frau schrie wie verrückt, fasste den Hund am Fell und am Halsband, und zerrte ihn mit aller Kraft in den Zwinger zurück. Anstandslos gab Bess das Handgelenk frei, ließ sich wieder einsperren und verkroch sich in der Hundehütte im hinteren Teil des Raumes.

„Hoffentlich ist Ihnen nichts passiert?“

Sie war kreidebleich und atmete schwer von der Anstrengung, den Hund zurückzubringen. Völlig verdattert stand Geitberg da und schaute auf seinen Arm, von dem Blut auf den Boden tropfte. Alles war so schnell gegangen, dass er sich kaum von der Stelle gerührt hatte. Vorsichtig zog er die zerfetzten Ärmel seines Parkas und seines Hemdes hoch und besah sich den Schaden.

Er hatte unglaubliches Glück gehabt. Vor wenigen Tagen hatte ihm seine Frau eine neue Armbanduhr geschenkt, die von einem Gliederarmband aus Edelstahl gehalten wurde. Um ihr eine Freude zu machen, hatte er die Uhr gleich angezogen. Und dieses Stahlband wirkte nun wie eine Panzerung. Rechts und links von den Metallgliedern waren die Reißzähne durch die Haut gedrungen, ohne größeren Schaden anzurichten. Hätte er ein weiches Armband getragen, das Gebiss des Hundes hätte ihm das Handgelenk zermalmt. So waren – entsprechend den vier Reißzähnen – nur vier Löcher in der Haut, zwei oben, zwei unten, aus denen das Blut sickerte.

„Sie bekommen meinen Befund schriftlich!"

Mehr brachte er nicht heraus, dann drehte er sich um und ging zum Auto. In seinem Gepäck war genug Verbandszeug, er wickelte sich einige Binden um die Wunde. Als die Blutung stand, ging es ihm wieder besser. Trotzdem hatte er die Lust auf weitere Abenteuer verloren und fuhr zurück zur Dienststelle. Wenn er den verletzten Arm nicht bewegte, hatte er auch keine Schmerzen.

Im Amt ließ er seinen Arm noch mal von Dr. Filler anschauen und besser verbinden. Der nahm die Sache nicht besonders ernst, fragte zwar noch nach dem Tetanusschutz, meinte aber, einem Tierarzt würde so was nicht viel ausmachen.

„Das war doch das Dümmste, was der Hund tun konnte. Hätten Sie ihm doch gesagt, dass Sie Veterinär sind."

Beleidigt zog sich Geitberg an seinen Schreibtisch zurück und tippte mit seiner gesunden Hand die Stellungnahme an die Stadtverwaltung in Wengen: Er sei der Meinung, der Hund dürfe nur mit Maulkorb an der Leine ausgeführt werden – und der Garten müsse so eingezäunt werden, dass nichts passieren könne.

Trotz seiner Verletzung hielt er am nächsten Morgen einen Termin mit Mario Masser ein. Sie kontrollierten Milchkammern. In diesen Räumen wird zum einen die Milch nach dem Melken gesammelt und gekühlt. Zum anderen werden dort häufig die Melkgeschirre gelagert. Von dort aus wird die Reinigung und Desinfektion der Anlage gesteuert.

Es ist selbstverständlich, dass in solchen Bereichen Sauberkeit und Hygiene herrschen müssen. Bei dieser Gelegenheit wurden auch noch Milchproben für das Veterinärlabor entnommen. Die ersten drei Höfe waren picobello in Ordnung. Man hätte in den Räumen vom Fußboden essen können, so sauber waren sie geputzt. Die Milchproben, die sie in jeder Kammer nahmen, sahen einwandfrei aus.

Beim vierten Anwesen hatten sie vorab Sorgen. Es war dort schon zu einigem Ärger gekommen, weil der WKD Anzeigen geschrieben hatte, die dem Bauer und seiner Frau bisher insgesamt über zehntausend Mark Strafe gekostet hatten. Einmal hatte der Mann sein Güllefass in den Bach laufen lassen und damit ein Fischsterben ausgelöst. Ein anderes Mal – zwei Jahre später – war ihr ein Behälter mit nicht zugelassenem Unkrautvertilgungsmittel in den Bach gekommen. Wieder schwammen die Fische mit dem Bauch nach oben daher. Das kam besonders teuer zu stehen, sie hatten seitdem eine Heidenangst vor dem WKD.

Wenn der allzu gut bekannte Wagen auf den Hof fuhr – es war ein Einödhof, man konnte die Straße weit überblicken – versteckten sich die Bauersleute und waren weder durch Hupen noch durch Rufen zum Vorschein zu bringen. Diesmal funktionierte das Spiel nicht. Der Milchsammelwagen der Molkerei fuhr zufällig vor ihnen her. Verdeckt von dem großen Tank konnten die Beamten folgen, ohne vom Hof her gesehen zu werden.

Sie hielten auf der dem Bauernhaus abgewandten Seite, stiegen aus und gingen mit ihren Geräten um den Milchwagen herum. Die arme Bäuerin fuhr zusammen, als wäre ihr ein Geist begegnet, als sie den unvermuteten Besuch erblickte.

„Hallo, guten Morgen, keine Angst, wir machen bloß eine Routinekontrolle. Wir sind gleich wieder weg“, grüßte Masser.

Die Milchkammer war in ordentlichem Zustand, der große 500–Liter Edelstahltank randvoll mit frischer Milch. Die Bäuerin kam mit besorgter Miene näher.

„Bitte helfen Sie rnir bei der Probennahme“, forderte Masser sie auf, und ging an den Tank heran.

Auf dem Tank war ein blitzblanker Deckel mit einer großen Kontrollöffnung. Eigentlich hätte dieses Loch mit einem Deckel verschlossen sein müssen. In der Milch drehten sich, man konnte es durch die Öffnung sehen, die Flügel des Rührwerkes. Sie hatten die Aufgabe, die Milch zur besseren Kühlung zu mischen und ein Aufrahmen des Milchfettes zu vermeiden.

Plötzlich sträubten sich bei Masser die Haare, und er richtete sich soweit auf, wie ihm möglich war und starrte durch das Loch.

„Ja pfui Teufel, was ist denn das?"

In der Milch schwamm eine tote Katze. Sie wurde wie im Karussell vom Rührwerk herumgeschoben. Wahrscheinlich war das Tier beim Versuch, Milch zu trinken, durch das Kontrollloch in die Milch gefallen und jämmerlich ertrunken.

„Das kommt Sie teuer zu stehen!"

Die Milch durfte natürlich nicht in die Molkerei und musste weggeschüttet werden. Sie wurde mit einem Schlauch in die Güllegrube geleitet. Masser zückte seinen Notizblock, um die Anzeige zu schreiben, der Milchwagen fuhr unverrichteter Dinge vom Hof.

Die Bäuerin war in Panik. Die ganze Milch verloren, die drohende Strafe, die tote Katze. Es war zuviel für sie. Geitberg bekam zuerst gar nicht mit, was passiert war. Er dachte, sie würde mit einem Wasserschlauch hantieren. Verzweifelt versuchte sie, die Öffnungen ihrer Jeans zuzuhalten. Es war zu spät, sie konnte ihr Wasser nicht mehr halten. Es lief, was laufen musste.

Heulend suchte sie das Weite und verschwand hinter dem Haus. Verdutzt sahen sich Masser und Geitberg an. Sie wussten nicht, ob sie lachen oder Mitleid haben sollten. Es war nicht mehr zu ändern.

„Ich schicke ihr die Anzeige zu, komm, lass uns fahren", beendete Masser die Stille und sie fuhren zügig vom Hof. Die Angelegenheit war ihnen unangenehm.

Etwa einen Monat später, bei der Anfahrt zu einer Kontrolle bei Oskar Nazwein, traf Geitberg – er war allein – in einem Wald einen Bauern, den er von früher her kannte. Der winkte ihn, als er ihn im Vorbeifahren erkannte, heran: „Hallo, Herr Doktor, ich muss Ihnen was sagen: Normalerweise halten Bauern ja zusammen, aber hier geht es nicht mehr anders. Da hinten im Wald auf einer Weide lässt einer seine Tiere verhungern. Das ist schlimm, das kann so nicht weitergehen, da müssen Sie hin."

„Da fahre ich natürlich hin, können Sie mir auf der Karte genau zeigen, wo das ist?"

Der Veterinär hatte im Wagen immer genaue Karten des Kreisgebietes dabei. Er brauchte sie oft. Das örtliche Blatt wurde auf dem Kofferraumdeckel ausgebreitet. Die Stelle war in einem großen Wald, weitab, kaum zu finden.

„Wollen Sie nicht mitkommen und mich führen?"

„Nein, nein, ich hab' schon zuviel gesagt, da geh' ich nicht hin."

„Und wem gehören die Tiere?"

„Seien Sie mir bitte nicht böse, wenn ich das nicht sage, das kriegen Sie leicht heraus, ich will niemand verraten."

Nach einer freundlichen Verabschiedung fuhr der Veterinär los, er musste immer wieder anhalten, um sich auf der Karte zu orientieren. Irgendwann wurde der Weg so schlecht, dass der alte Mercedes in Gefahr kam, festzufahren. Wahrscheinlich beim Holzabtransport waren der Weg und Teile des Waldbodens zerstört worden, wie umgepflügt. Geitberg stieß zurück, bis er wenden konnte, und ließ den Wagen zwischen ein paar Fichten stehen.

Zu Fuß stolperte er weiter, bis er das Muhen von Kühen hörte. Tatsächlich standen auf einer großen Waldwiese ein Bulle, fünf Kühe und drei Kälber. Sie hatten offensichtlich großen Hunger, denn sie waren unruhig, brüllten immer wieder und hatten alles Gras bis auf die Wurzeln abgefressen. Wasser hatten sie genug, denn durch einen Teil der Wiese floss ein kleiner Bach. Die Tiere waren abgemagert, die Knochen standen vor. Der Bauer hatte zwar nicht gesagt, wem sie gehörten. Das war aber über die Ohrmarken leicht herauszubringen.

Plötzlich hörte er hinter sich ein Geräusch. Als Geitberg sich umdrehte, stand wie aus dem Boden gewachsen Oskar Nazwein vor ihm. Über der Schulter trug er eine große Axt. Neben ihm stand ein mächtiger, schwarzbrauner Schäferhund. Nazweins Augen funkelten böse. Der Hund knurrte leise. Geitberg wurde flau im Magen. Ihm schoss durch den Kopf: „Wenn der auf mich losgeht bin ich allein, hier hilft mir niemand."

„Was wollen Sie denn hier? Das geht Sie gar nichts an!" brüllte Oskar wütend.

„Nur ruhig, ich tu Ihnen gar nichts, mir hat man bloß gesagt, ich soll hier mal nachschauen."

„Jetzt reicht's, ich schlag' Sie tot, dann hab' ich meine Ruhe", schrie Oskar, fasste den Axtstiel mit beiden Händen und hob die Axt hoch über seinen Kopf.

Dem Veterinär lief es kalt ihm den Buckel hinunter. Die Gedanken rasten: Davonlaufen nützt nichts, der Schäferhund holt mich allemal ein – was soll ich bloß machen – gegen diesen Kerl habe ich keine Chance? Ganz ruhig bleiben – keine Fehlreaktionen auslösen – wie kann ich zu ihm Zugang finden – wo ist sein schwacher Punkt?

Geitberg blieb ruhig stehen, schaute Oskar in die Augen und beruhigte den Riesen, so wie man mit einem Kind sprechen würde:

„Herr Nazwein, Sie sind doch ein alter erfahrener Bauer – Sie stehen doch zu Ihren Tieren. Was soll denn aus denen werden, wenn Sie für den Rest Ihres Lebens im Gefängnis sitzen. Meine Leute wissen, dass ich hier bin, wenn ich nicht zum nächsten Termin komme, spätestens in drei Stunden ist die Kripo bei Ihnen auf dem Hof. Machen Sie doch keinen Fehler, sie schaden sich nur selbst."

Oskar brummte wie ein Bär, ließ die Axt sinken und kratzte sich am Kopf. Der Hund hatte sich kaum bewegt. Er wartete wohl auf ein Kommando seines Herrn. „Und Sie nehmen mir mein Vieh nicht weg?"

Diese Frage wurde wohlweislich nicht beantwortet.

„Also als erstes müssen wir schauen, dass Ihre Tiere was in den Magen kriegen. Wie steht es denn mit Ihren Futtervorräten?"

„Hmmm, Hmmm", war die einzige Antwort.

„Also nicht so besonders. Aber ich weiß jemand, der helfen kann. Ich schicke jemand vorbei, gehen Sie zu Ihrem Hof zurück, da kommt dann jemand zu Ihnen. Soll ich Sie zurückfahren?"

„Hmmm, Hmmm, ich geh lieber zu Fuß, ich wollte die Tiere sowieso zurückholen auf den Hof, das sehe ich selbst, dass die hier nichts mehr finden, dazu brauche ich keinen Tierarzt."

„Dann auf Wiedersehen, ich schick' jemand vorbei."

Ruhig und langsam ging der Veterinär weg, mit hochgezogenen Schultern, ohne sich umzuschauen. Erst als er weit genug weg war, drehte er den Kopf. Von Oskar war nichts mehr zu sehen. Jetzt ging er wesentlich schneller, damit Oskar, wenn er doch noch Ärger machen wollte, ihn nicht so leicht einholen konnte.

Geitberg saß die Angst im Nacken. Als in der Nähe ein Specht losratterte, fuhr er zusammen, als hätte ein Blitz neben ihm eingeschlagen. Kurz vor seinem Wagen, bei der kaputten Straße mit den tiefen Furchen im Boden, blies ihm der schwache Wind von irgendwoher eine Ladung Aasgeruch in die Nase. Ihm wurde übel. Er eilte weiter.

Erleichtert erreichte er sein Auto und beglückwünschte sich, dass er es in Startrichtung geparkt hatte. Beim Einsteigen sah er sich noch einmal um. Er meinte, im Wald einen Ast knacken zu hören. Schnell schlug er die Türe zu und verriegelte sie von innen. Beim Vorglühen seines alten Diesels überlegte er, dass Nazwein mit einem Axthieb spielend das Autofenster einschlagen könne.

Endlich sprang der Wagen an und Geitberg fuhr los, das die Kiesel spritzten. So viel Angst hatte er schon lange nicht mehr ausgestanden.

Am Waldrand, weit weg, fuhr er auf einen Hügel mit schöner Rundumsicht und erholte sich einige Minuten. Danach organisierte er über Handy, dass einige große Ballen Heu auf Oskars Hof gebracht würden.

Der Bürgermeister der zuständigen Gemeinde, er war mit Geitberg gut bekannt, erklärte sich nach einigem Zögern bereit, die

Sache in die Hand zu nehmen. Es gab im Stadtsäckel eine Kostenstelle für Sonderfälle und er hatte dem Veterinär schon mehrfach in solchen Fällen geholfen, – „den Tieren zuliebe, nicht der Menschen wegen“, sagte er jedes Mal. Als nächstes rief Geitberg beim WKD an. Masser saß an seinem Schreibtisch und hörte sich die Geschichte an.

„Und dort, wo der Boden auf fünfzig und mehr Meter umgegraben ist, stinkt es nach Aas, als wenn dort einige tote Kühe lägen. Ich will unbedingt hin und schauen, was da so riecht. Aber alleine traue ich mich nicht hin, ich habe Schiss vor Oskar. Magst du nicht mitkommen? Bring bitte deine Dienstwaffe mit, falls er noch da ist.“

„Du spinnst ja total, aber ich tu dir den Gefallen. Mir hat gerade einer den nächsten Termin abgesagt. Ich hab' Zeit, wo bist du denn?“ Er hatte die gleiche Karte, so konnten sie genau den Treffpunkt ausmachen. „Bis in einer Stunde, ok?“

Geitberg stellte die Lehne seines Sitzes zurück und schlief ein. Er kam deshalb etwas zu spät zur vereinbarten Stelle und traute seinen Augen kaum: Mehrere Polizeiwagen und ein Radlader warteten auf ihn. Er trat auf Masser zu und fragte: „Was in Gottes Namen ist denn hier los?“

Der schaute unglücklich: „Ich konnte es nicht verhindern. Mein Chef hat mitgekriegt was du vermutest. Er hat gleich die Diensthundeführerstaffel und Bergegerät losgejagt. Wir wollten mit der Suche nur noch warten, bis du kommst und uns genau zeigen kannst, wo du das gerochen hast.“

Geitberg schüttelte einige Hände, dann ging er zu der Stelle, die er sich exakt gemerkt hatte. Tatsächlich, der Aasgeruch war eindeutig. Die Männer von der Hundeführerstaffel holten ihre Hunde, die aufgeregt kläfften.

Die Spannung wuchs, als einer der Hunde mit hoher Nase an seiner Leine den Führer hinter sich herzog. Schon nach wenigen Minuten rief dieser: „Fund!“ und alle drängten zu der Stelle. Auf unberührtem Waldboden lagen die Reste eines toten Rehs, die die Füchse übrig gelassen hatten. Welche Pleite, kein Hinweis auf eine tote Kuh, ein totes Reh – das kam eben mal vor, so was war normal. Massers Chef hatte einen roten Kopf, als er die Hundeführer bat, das Gelände sicherheitshalber doch noch abzusuchen. Die anderen setzten sich inzwischen auf einen Baumstamm, unterhielten sich halblaut oder hörten dem Polizeifunk zu, der aus einem Wagen quäkte.

Die Sache war ein kompletter Reinfall. Außer dem Reh wurde nichts gefunden. Später kam Nazwein auf einem alten Traktor mit Anhänger und einem großen Rundballen Heu – wenigstens das hatte geklappt.

Oskar wunderte sich sehr, meinte, das Polizeiaufgebot gelte ihm. Man beruhigte ihn, er musste wegen des engen Waldweges warten, bis die anderen Fahrzeuge gewendet hatten und weggefahren waren. Dann begleiteten ihn Masser und Geitberg. Sie halfen das Weidegatter aufzumachen.

Nazwein fuhr durch die Zaunöffnung auf die Weide und warf den großen Ballen ab. Sie verteilten das Heu, damit alle Tiere gleichzeitig fressen konnten, die stärkeren hätten sonst die schwächeren nicht herangelassen.

Masser machte noch Fotos von den abgemagerten Tieren, die sich gierig auf das Futter stürzten, und der abgefressenen Wiese. Sie würden später als Beweismittel gute Dienste tun. Oskar versprach, die Herde wieder zum Hof zu treiben, wenn das Heu alle sei. Er war ganz kleinlaut, wahrscheinlich saß ihm noch der Schreck in den Knochen, als er das große Polizeiaufgebot gesehen hatte und glaubte, es hätte doch ihm gegolten.

Als sie zu ihren Fahrzeugen zurückgingen, fauchte Masser den Veterinär an: „Du mit deinen blöden Tierkadavern, so blamiert habe ich mich schon lange nicht mehr!"

„Den Schuh ziehe ich mir nicht an. Ich wollte mit Dir alleine hier her. Das wäre auf jeden Fall in Ordnung gewesen wegen der Rinder. Als amtlicher Zeuge bist Du ja noch zu gebrauchen. Aber niemand hat Dir gesagt, Du sollst ein ganzes Riesenaufgebot mitbringen. Das nächste Mal bringst Du vielleicht einen Panzer mit, hä?"

Sie stritten sich, bis ihnen einfiel, sie könnten noch ein Bier in einem abgelegenen Waldrestaurant trinken. Dort vertrugen sie sich wieder.

Nach etwa zwei Wochen fuhren sie wieder zu Nazwein. Es war nachmittags, ein kühler wolkenverhangener Tag. Niemand öffnete ihnen. Sie schoben die Stalltüre mühsam auf, gingen hinein und prallten entsetzt zurück. Oskar hatte anscheinend überhaupt nicht mehr gemistet. Die Tiere waren angebunden, der Mist bildete einen schwärzlichen See, der den Rindern bis zum Bauch ging, den Kälbern bis zur Körpermitte.

Geitberg turnte in Gummistiefeln über den etwas höher liegenden Mittelgang. Als er versuchte, in den Bereich vorzudringen, in dem die Tiere standen, war kein Weiterkommen. Der „See" war tiefer, als seine Stiefelschäfte hoch.

An einer Stelle ragte ein Rinderhorn aus dem Sumpf, offensichtlich lag dort ein totes Tier. Im Stall war entsetzlich schlechte Luft, kein Wunder bei der Menge an Mist. Würgend trat der Veterinär ins Freie.

„Jetzt reicht 's, jetzt nehm' ich ihm die armen Viecher weg! So geht das nicht weiter."

Sie fuhren ein Stück weg und stellten den Wagen ab. Dann telefonierten sie mit einem Viehhändler, der schon früher mit Nazwein gehandelt hatte. Er war zum Glück daheim, kam gleich an den Apparat und sagte sofort zu, mit einem ausreichend großen Fahrzeug die Tiere abzuholen.

„Es sind einundzwanzig Rinder, bringen Sie Stricke mit und einen Gehilfen. Die Tiere können Sie nicht sofort weiterverkaufen, die muss man erst waschen. Sie brauchen zuerst einen Stall zum Unterstellen, klappt das? Und ziehen Sie hohe Stiefel an, so was haben Sie noch nicht gesehen! Bis wann können Sie kommen?" Der Viehhändler wollte in einer Stunde da sein. Masser und Geitberg waren sich einig, dass Nazwein gefährlich werden könnte. Deshalb forderten Sie eine Streifenwagenbesatzung als Verstärkung an. Zum vereinbarten Zeitpunkt traf man sich auf dem Hof. Auch die Neuankömmlinge waren entsetzt über die Verhältnisse. Nazwein antwortete immer noch nicht auf ihr Rufen. Die Polizisten mahnten zur Vorsicht.

„In jedem alten Bauernhaus hat man noch ein Gewehr im Schrank. Und in der Not könnte er gefährlich werden. Und achten Sie auf den Schäferhund!" Sie lockerten die Pistolen in ihren Halftern und schauten sich aufmerksam um.

„Fangen wir an!"

Der Viehhändler und sein Gehilfe wateten durch den Mist zu den Tieren.

„Verflucht, mir läuft die Scheiße in die Stiefel!"

„Seien Sie vorsichtig. Hinten in der Mistrinne hat es Löcher, da reinzufallen ist lebensgefährlich. Gehen Sie vorne am Futtertisch entlang, da ist es sicherer", wusste Dr. Geitberg aus Erfahrung.

Ein Tier nach dem Anderen wurde losgekettet und mit einem Strick herausgeführt. Am Stalleingang stand der Veterinär und notierte die Ohrmarken, die Art des Tieres und schätzte ihren Wert, die Polizisten schauten zu und Masser fotografierte fleißig. Die Arbeit ging einigermaßen glatt vor sich. Eine zunehmend stärkere Mistspur zog sich über den Hof zum Viehtransporter. Plötzlich stand Nazwein zwischen ihnen, keiner hatte ihn kommen sehen.

„Was geht hier vor", donnerte er, „sofort aufhören!"

Dr. Geitberg richtete sich zu voller Größe auf, auch er konnte laut sprechen: „Herr Oskar Nazwein! Es tut mir leid, aber ich kann nicht mehr anders. Ich muss Ihnen Ihre Tiere wegnehmen. Wir haben es Ihnen angekündigt, ich habe keinen Spielraum mehr. Ich verbiete Ihnen in Zukunft jegliche Rinderhaltung. Das ist amtlich, es gibt genügend Zeugen. Bitte nehmen Sie dort drüben Platz, die beiden Herren von der Streife werden Sie im Auge behalten."

Er verwies Oskar auf einen Gartenstuhl, der gegenüber unter einer Linde stand. Oskar folgte ohne Widerspruch, setzte sich auf den Stuhl und sank völlig in sich zusammen. Die Polizisten blieben neben ihm stehen. Fast unhörbar bettelte er, man möge ihm doch noch eine Chance geben, er werde auch alles richtig machen. Aber der Veterinär blieb hart. Der Stall war bald geräumt, die Tiere verladen. Viehhändler und Gehilfe zogen ihre Stiefel und Hosen aus, spritzten sich und ihre Klamotten mit Wasser grob ab und stiegen in Unterhosen in ihren Wagen. Sie hätten sonst das Fahrerhaus des Lastwagens zu sehr verschmutzt.

Vorher wurde vom Händler ein Preis mit Oskar für die Tiere ausgemacht, der sich fast genau mit dem deckte, was der Tierarzt geschätzt hatte. Ein Scheck wechselte den Besitzer, dann verließ der Transporter das Anwesen. Nazwein saß da wie ein Häuflein Elend, gut bewacht.

„Sie bekommen alles noch schriftlich, die amtliche Wegnahme–Anordnung und das Tierhaltungsverbot. Wir werden Sie auch anzeigen. Herr Masser wird Sie dazu auf die Wache vorladen. Haben Sie ein Fahrzeug?"

„Fahrrad", murmelte Oskar.

„Gut, das kann man Ihnen zumuten. Ich werde die Tierkörperbeseitigung anrufen. Der Kadaver wird vermutlich morgen abgeholt. Was ist das eigentlich für ein Tier, das im Stall liegt?" – „Rind, lag morgens plötzlich tot da. Weiß nicht warum."

„Wie lange ist das her?"

„Ein – zwei Wochen."

„Dann hat es keinen Sinn mehr, eine Sektion machen zu lassen wegen der Todesursache. Da kommt nichts raus, wenn alles verfault ist. Tut mit leid, dass es so gekommen ist, wir haben Ihnen genügend Möglichkeiten angeboten. Sie sind selbst schuld. Wo haben Sie eigentlich Ihren Hund?"

„Der ist schon seit einer Woche weg. Keine Ahnung, wohin der ist." – „Na gut, auf Wiedersehen. Vielen Dank an die Herren für ihre Hilfe."

Masser und Geitberg fuhren vor dem Streifenwagen her, als der plötzlich sein Blaulicht einschaltete, überholte und davonfuhr. „Wir haben vergessen, den Polizeifunk einzuschalten. Lass uns einen Kaffee trinken gehen. Den haben wir verdient."

Über Handy wurde noch die Tierkörperbeseitigung verständigt und beauftragt, den Kadaver im Stall herauszuziehen.

„Die werden ihre Freude haben, wenn sie im Mist fischen dürfen."

„Jeder von den Wagen hat einen Seilzug, das geht gut."

Geitberg griff auf einmal nach seinen Aufzeichnungen und blätterte hektisch: „Wo sind eigentlich der Bulle und zwei Rinder geblieben? Hat er die noch – oder sind sie schon verkauft?"

„Das ist jetzt egal, das können wir heute nicht mehr lösen, komm, lass uns Feierabend machen, mir reicht 's! Den Kaffee trinken wir noch und dann ab nach Hause!"

Drei Tage später rief Masser auf dem Veterinäramt an:

„Weißt du schon das Neueste von unserem Freund Oskar? Der sitzt seit heute für ein halbes Jahr im Gefängnis, den haben sie schon vor längerer Zeit verknackt wegen wiederholten Diebstahls. Der wusste schon vor drei Tagen, dass er Einsitzen muss. Wir haben ihm einen Gefallen getan, als wir ihm die Tiere weggenommen haben. Bei seiner Festnahme muss er sich aufgeführt haben wie ein Wilder, sagten die Kollegen. Immer wieder hat er gesagt, dass er sich um seine Tiere kümmern muss. Kannst Du Dir das erklären?"

„Vielleicht handelt es sich um die drei, die mir auf meiner Liste fehlen. Wo er sie wohl versteckt hat? Hoffentlich geht das gut!"

Es ging nicht gut: An einem Sonntagnachmittag, etwa nach drei Wochen, klingelte bei dem Veterinär das Telefon. Am Apparat war das Polizeirevier. Sie bräuchten einen Veterinär, ein Pilzsucher hätte die Stelle gefunden, an der wahrscheinlich Oskar die armen Tiere abseits in einem Waldtal angebunden hatte. Geitberg wurde von einem Streifenwagen abgeholt. An einem Einödhof ließ man das Fahrzeug stehen, es ging kein befahrbarer Weg weiter. Von dort aus stapften sie durch das hohe Gras über Wiesen zu einer Stelle, wohin der Pilzsammler schon vorausgegangen war und wartete.

Er führte sie durch dichtes Gebüsch in ein kleines Tal, das völlig zugewachsen war. Unter einigen hohen Fichten hatte sich eine kleine freie Stelle gebildet. Die Spuren waren eindeutig: Hier waren ursprünglich drei Tiere angebunden gewesen. An einem starken Pflock hing noch der ausgefaserte Rest eines Strickes, an zwei weiteren Pflöcken waren zwei Jammergestalten von Rindern angebunden. Regenwasser und das längst abgefressene Gras in dem Bereich, der vom Strick vorgegeben war, reichten nur zu qualvollem Verenden.

Der Bulle hatte sich wohl losgerissen und war verschwunden. Ein Rind lag tot da. Ob es verdurstet oder verhungert war, war nicht mehr festzustellen. Das zweite war so elend, dass es nicht mehr Fressen konnte. Es musste getötet werden. Einer der Polizisten erledigt die unangenehme Arbeit mit seiner Dienstwaffe. Die direkt aufgesetzte Pistole erlöste das Tier von seinen Qualen.

Seitdem konnte Geitberg Nazwein nicht mehr leiden.

Der Dopferjodler

Am nächsten Wochenende hatte Dr. Geitberg weder Termine noch Rufbereitschaft. Er benützte den Samstagvormittag, um seinen Wagen aufzuräumen. Im Allgemeinen war er ordentlich. Aber diesmal war er einfach über zu lange Zeit nicht dazu gekommen richtig sauber zu machen, so dass sich eine Menge angesammelt hatte.

Spritzen und Medikamentenflaschen lagen in einem Behälter, den er sonst regelmäßig leerte, reinigte und desinfizierte. Wegen der Gefahr der Seuchenverschleppung benutzte er für jeden Betrieb einen neuen Mantel, die Gummistiefel wurden nach jeder Begehung gereinigt und desinfiziert.

Im hintersten Winkel seines Kofferraumes fand er einen Sack mit gebrauchten Stallmänteln. Normalerweise wurden die Säcke mindestens wöchentlich gewechselt, dieser aber war wohl hinten hinabgerutscht und länger gelegen. Er trug ihn in den Keller zur Waschmaschine und stopfte die Mäntel in die Trommel. Sorgfältig überprüfte er vorher die Taschen, er hatte schon Scheckkarten, Spritzen und vieles andere mitgewaschen.

In einem der letzten Mäntel fand er eine einzelne gelbe Ohrmarke. Zweifellos von einem Rind. Lange hielt er sie nachdenklich in der Hand. Wo kam die her? Langsam fiel ihm die Verladung von Rindern bei Crescentia Weiler ein. Das war ja schon so lange her. Da hatte ihm doch der Dopferjodler, sein alter Bekannter und Gehilfe des Viehhändlers, die Marke in die Hand gedrückt. Er ließ die Waschmaschine laufen und putzte sein Auto weiter. Die Marke legte er hinter die Windschutzscheibe, damit sie ihm am Montag, wenn er zur Arbeit fuhr, gleich auffiel.

Das Wochenende blieb ruhig. Keine dienstlichen Anrufe, die es nötig gemacht hätten, sofort loszueilen. Geitberg fuhr am Morgen vergnügt ins Büro. Seine Arbeit machte ihm – meistens – Spaß.

Die Marke steckte er beim Einsteigen in seine Hosentasche, damit er sie nicht noch einmal vergessen konnte. An seinem Schreibtisch besorgte er zuerst die obenauf liegende Post, bis die dringendsten Angelegenheiten erledigt waren. Dann holte er sich die Akte Weiler und überprüfte im PC die Ohrmarkennummern. Der Betrieb Weiler war vollständig erfasst, die Tierzahlen stimmten und die Marke, die Dopferjodler ihm gegeben hatte, gehörte nicht dazu. Sie gehörte zu einem völlig fremden Bestand in einem anderen Landkreis. Das Tier war dort gemeldet und stand nach der Anzeige des Systems auch noch dort. Irgendwas stimmte hier nicht.

Inzwischen war es Zeit geworden, mit dem Wirtschaftkontrolldienst in den Außendienst zu gehen. Geitberg richtete seine Utensilien zusammen. Kaum war er fertig, stand schon Mario Masser in der Tür:

„Hallo, das Wochenende gut verbracht?"

„War prima, schau was ich gefunden habe!"

Er hielt ihm die gelbe Ohrmarke vor die Nase.

„Eine Ohrmarke, na und?"

„Dein Kollege Sterr hat dir doch sicher damals von der Komödie bei der alten Weiler erzählt, du weißt doch, die mit dem Dreckspferd Winnetou. Damals hat mir Dopferjodler die Marke zugesteckt. Ich dachte, sie wäre gerade aus einem Ohr ausgerissen, aber sie passt zu keinem Tier der Weiler. Das habe ich gerade überprüft. Also wollte er mir etwas Wichtiges mitteilen, aber das können wir auch im Auto besprechen, was liegt denn heute an?"

In der Regel stellte der WKD–Beamte die Tour zusammen. Er führte Listen, welche Gastwirtschaften wieder zur Überprüfung anstanden, oder was gerade dringend zu erledigen war. Wünsche des Veterinärs wurden natürlich berücksichtigt.

Am Montag waren in der Regel Metzgereien und Tierschutzfälle dran. Viele Lokale hatten an diesem Tag geschlossen.

„Heute ist es ruhig, als erstes nehmen wir eine Gastwirtschaft dran, der „Adler" in Kraut. Dort gab es am Wochenende eine Lebensmittelvergiftung. Das Gesundheitsamt hat mich gleich heute früh angerufen, eine Hochzeitsgesellschaft hat's erwischt. Dann noch zwei Nachbesuche." Im Wagen rechnete Geitberg mit einer heftigen Abfuhr, wenn er wieder auf sein Lieblingsthema, den Toten bei Grommer, zurückkommen würde. Aber Masser zeigte sich diesmal auffallend interessiert.

„Nun schieß mal los, was hast Du auf dem Herzen."

„Na, es ist wegen der Ohrmarke, die mir der Dopferjodler gegeben hat. Die hat eine Bedeutung. Ich weiß bloß nicht, welche. Vermutlich ist das ein Hinweis auf irgendeine Lumperei, den er mir geben will. Vielleicht steckt Grommer mit drin. Und ...."

Masser unterbrach ihn:

„Was weißt du über den Dopferjodler. Ich sollte alles über ihn erfahren, was du weißt. Du kennst ihn von früher?"

„Das ist eine lange Geschichte. Ich muss jetzt weit ausholen, wenn du den ganzen Lebenslauf vom Dopferjodler hören willst. Das ist einer von den armen Kerlen, die, wenn die Karten des Lebens gemischt werden, immer die Verliererkarte ziehen. Ständig geht was schief. Du weißt ja, mein Elternhaus steht nicht weit weg vom Hof vom Dopferjodler. Mein Vater hatte einen großen Garten. Wenn da gemäht werden musste, oder ein Baum gefällt wurde, oder wenn sonst Arbeiten anlagen, bei denen Hilfe nötig war, dann kam der Dopferjodler mit einem kleinen alten Traktor mit Anhänger. Ab und zu durfte ich mitfahren. So was beeindruckt kleine Kinder.

Später haben wir dann auch einige lustige Sachen zusammen erlebt:

Einmal sollten wir beide, Dopferjodler und ich, ich war damals vielleicht sechzehn Jahre alt, zusammen einen Zaun ziehen. Wir hatten aber dabei zu viel Bier getrunken, so dass der Zaun mehr krumm als gerade wurde.

Am Schluss stellte sich heraus, dass der Zaun um mehr als einen Meter auf das Grundstück eines Nachbarn zu stehen kam, der darüber natürlich stinksauer war. Er beschwerte sich bei meinem Vater, der uns deshalb gehörig zusammenstauchte.

Ein andermal hatten wir eine Hochzeit einschießen wollen. Es war damals in unserer Gegend so üblich, am Hochzeitsmorgen mit Böllerschießen den Tag zu eröffnen. Danach bekam man im Hochzeitshaus ein Frühstück. Wir bastelten uns voll Vorfreude beim befreundeten Schmied einen Kracher aus einem Wasserleitungsrohr, die Enden wurden mit Holzpflöcken verschlossen, nachdem Schwarzpulver eingefüllt worden war. Das Pulver hatte ich nach einem Chemierezept aus meiner Schulzeit selbst gemischt. Durch ein feines Loch wurde eine Zündschnur eingeführt. Dieses Rohr spannten wir in der Werkstatt in einen Schraubstock. Ein Zündholz an die Zündschnur, ein paar Meter Abstand, dann ging der Böller los. Es funktionierte viel besser als erwartet.

Das Probeschießen in der Schmiede war so erfolgreich, dass sämtliche Werkstattfenster hinausflogen. Gott sei Dank ist niemandem etwas passiert. Wir mussten einige Stunden lang Glasscherben aufsammeln. Die Hochzeit wurde von uns allerdings nicht mehr „eingeschossen". So haben wir ein paar Mal miteinander Späße gemacht, oder für meinen Vater Aufträge erledigt. Die meisten Informationen über den Dopferjodler habe ich allerdings vom Hörensagen.

Er stammt aus armseligen Verhältnissen, kam auf die Welt als lediges Kind einer Magd. Die Mutter ist bald gestorben, da hat ihn der Bauer von dem Hof aufgenommen, auf dem die Magd gelebt hatte. Einen Vater hat er nie gekannt. Damals hatte die Bäuerin keine Kinder. Es war vorgesehen, ihn zu adoptieren. Ein Jahr danach hat sie dann aber einen Stammhalter bekommen. Ab dem Zeitpunkt war er nichts mehr wert. Er galt als unnützer Esser, wurde schikaniert, und geschlagen. Kannst du dir vorstellen, wie entsetzlich es für ein Kind sein muss, wenn man ihm ständig sagt, es sei nichts wert, nur eine Last, ein Bankert. Er hat mir später mal erzählt, er habe es noch nie gut gehabt, außer nach dem Tod seiner Frau."

„Ich wusste gar nicht, dass er mal verheiratet war."

„Auch nicht im üblichen Sinn. Es war eine Versorgungsheirat. Seine Frau war zwanzig Jahre älter als er. Ein böses Weib. Ich glaub', sie hat ihn ab und zu richtig verprügelt."

„Wie ging's mit dem Kind weiter?"

„Als er so groß war, dass er auf dem Hof helfen konnte, etwas besser. Besonderen Bezug hat er zu Pferden. Die bösesten Rösser wurden ruhig, wenn er neben ihnen stand und auf sie einredete. Ich hab' so was schon öfter erlebt. Beim Dopferjodler hat das besonders gut funktioniert.

Ich habe doch ein paar Jahre eine Großtierpraxis betrieben. Da musste ich mal an einem Pferd einen schmerzhaften Eingriff vornehmen. Es hatte eine alte Verletzung am Hufrand und ließ niemanden ran. Ich wollte zuerst eine leichte Narkose einleiten, und der Dopferjodler hatte zufällig auf dem Hof zu tun. Er sah anfangs zu, als ich versuchte, dem Pferd eine Spritze zu geben. Der Gaul war aber so unangenehm, dass ich nicht an ihn rankam. Nach einiger Zeit meinte er, das ginge auch ohne Spritze. Er stellte sich einfach neben den Kopf des Pferdes, und sprach auf es ein. Das Tier beruhigte sich sofort. Dann sagte er, ich könne loslegen. Ich wollte es zuerst nicht glauben, aber tatsächlich: Das Pferd zuckte nicht einmal, obwohl ihm das Hantieren an der Wunde wehgetan haben muss. Aber solche Sachen gibt es, auch wenn die Schulmedizin dafür keine Erklärung hat. Mein Vater erzählte mal von einem Mann, der konnte bei Pferden Blutungen stillen, indem er nur mit der Hand darüber strich. Ich könnte mir vorstellen, dass Dopferjodler das auch könnte.

Aber weiter in der Geschichte: In die Grundschule hat man ihn noch geschickt – weil man wegen der Schulpflicht musste – und den Traktorenführerschein durfte er auch noch machen. Das war für die Arbeit auf dem Hof erforderlich. Aber mehr hat man ihm nicht gegönnt.

Auf Tanzabenden oder im Kino hat man ihn fast nie gesehen, dabei sah er fesch aus. Er ist ja nicht groß, hat, oder hatte aber ein gut geschnittenes Gesicht. Die Mädchen mochten ihn wegen seiner stillen, feinen Art. Bloß hatte er kein Geld, und damals wäre es unmöglich gewesen, dass im Lokal die Dame für den Herrn zahlt. Von den Großbauern wurde er bei jeder Gelegenheit gehänselt. Es war zum Beispiel die Regel, dass nach dem Sonntagsgottesdienst auf dem Kirchplatz der Dopferjodler aufgezogen wurde. Da hat er dann gute Miene zum bösen Spiel gemacht und mitgelacht. Aber in Wirklichkeit tut das tief drinnen weh. Und sonst musste er von früh bis spät arbeiten.

Einen Freiraum hatte er: Keiner konnte die Pferde so schmücken wie er. Wenn eine Reiterprozession anstand, oder ein Umzug, hat man ihn geholt. Weißt du, wie man es hinkriegt, dass das Pferdefell wie ein glänzendes Schachbrett aussieht? Nein? So etwas konnte er. Damit hat er sich ein paar Pfennig verdient. Und schön singen konnt' er auch.

Wenn der eine Ausbildung gekriegt hätte, wer weiß, was aus dem geworden wäre. Später hat er dann als eine Art Hochzeitslader fungiert. Da konnt' er sich wenigstens satt essen. Na ja, und dann hat er bei der alten Josefa eine Stelle als Knecht angenommen. Daheim haben sie wahrscheinlich erst gemerkt, was sie an ihm hatten, als er weg war.

In dieser Zeit hab' ich ihn öfter gesehen. Von seinem Lohn und dem, was er bei Gelegenheitsarbeiten verdiente, machte er den Führerschein. Unser Nachbar hat ihm ein altes Auto geschenkt, das wollte er wieder zum Fahren bringen. Es war ein alter DKW, Baujahr 1937. Der war damals schon ein Museumsstück, mit Holzkarosserie. Da hat er über ein Jahr lang sein ganzes Geld reingesteckt und repariert und gebastelt. Aber es ging ihm wie immer. Die ganze Müh' war umsonst. Bei der ersten stolzen Ausfahrt flog der Motor in die Luft und der Karren brannte ab. Nur noch Schrott blieb übrig. Wenigstens wurde niemand verletzt. Versichert war er natürlich nicht.

Den Hof von der Josefa hat er aber auf Vordermann gebracht. Er kaufte von seinem eigenen Geld ordentliche Kühe, plötzlich gab's Milchgeld, und es ging aufwärts. Der einzige Sohn von ihr verunglückte tödlich mit dem Motorrad. Der fuhr immer wie ein Verrückter, hörte nicht auf die Ermahnungen, und irgendwann stand ein Baum ungeschickt am Wegrand. Einen Bauern, also Vater von dem Sohn, hat's auf dem Hof nicht gegeben. Und da hat Josefa dann ihren Knecht geheiratet. Fünf Jahre nach der Hochzeit ist sie vom Heustock gefallen: Genickbruch. Sie war auf der Stelle tot. Seitdem sitzt er auf seinem Minihof, lebt mehr schlecht als recht und verdient sich nebenbei mit Gelegenheitsarbeiten und als Gehilfe bei Grommer etwas Geld dazu. Aber das ist keine gute Gesellschaft für ihn. Der Dopferjodler ist stockehrlich, und den Grommer kennst du ja. Jetzt weißt du alles über den armen Kerl. Warum interessiert er dich denn, ist es wegen dem Toten bei Grommer?“

Masser gab keine Antwort, beide schwiegen einige Weile und hingen ihren Gedanken nach. Dann wollte Masser gerade etwas sagen, als sie im Polizeifunk hörten, dass in einem Dorf, das etwa zehn Kilometer vor ihnen lag, ein Bulle aus einer Metzgerei ausgebrochen war. Eine Streifenbesatzung wurde beauftragt, das Tier zu erschießen.

„Um Gotteswillen, die werden doch nicht versuchen, mit der Pistole einen Bullen zu erschießen. Der stirbt doch nicht dadurch, der wird doch nur wild. Komm, fahren wir hin! Sie sollen das G3 von Wengen hinbringen!“

Masser war wieder in seinem Element. Er trat das Gaspedal bis zum Anschlag durch. Es gab keine Kurve, in der die Reifen nicht gepfiffen hätten. Trotz des Höllentempos nahm er das Mikrofon in die Hand:

„3342 an 1213, kommen.“

„3342, wir hören.“ – „Wir haben mitgehört, als von dem ausgebrochenen Bullen gesprochen wurde. Ich habe den Veterinär Dr. Geitberg im Auto. Er sagt, mit der Pistolenmunition kriegt man den Bullen nicht tot. Im Revier in Wengen sei ein G3 vorhanden, mit Teilmantelmunition. Das brauchen wir so schnell wie möglich. Wir sind in der Nähe und fahren hin.“ – „Verstanden, wird erledigt, Ende.“

Der Veterinär hatte schon schlechte Erfahrungen mit zu schwacher Munition bei zu großen Tieren gemacht. Außerdem ist es fast unmöglich, einen Bullen sachgerecht mit Kopfschuss zu erledigen, wenn man nicht genau weiß, wo sich das Gehirn befindet. Es ist etwa zwei Fäuste groß, der Schädel um ein Vielfaches größer. Das G3, ein Natogewehr mit Teilmantelmunition, war für diesen Zweck wesentlich besser geeignet als eine Pistole. Mit einem Gewehr kann man aus wesentlich größerer Entfernung gezielt schießen als mit einer kurzläufigen Pistole. Die Pistolenkugeln der Polizei sind Vollmantelgeschosse, die beim Aufschlag nur wenig Energie abgeben. Ein Teilmantelgeschoss zerlegt sich beim Auftreffen und gibt viel Energie an den Tierkörper ab. Dadurch hat es eine wesentlich bessere Wirkung.

Nach wenigen Minuten wilder Fahrt, im nächsten Ort, sahen sie bei der im Funk genannten Metzgerei einen Streifenwagen stehen. Masser stieg so auf die Bremse, dass ihr Wagen schleuderte, er blieb Seite an Seite neben dem Polizeifahrzeug stehen, ohne es zu berühren.

„Punktlandung, gratuliere!"

Die Straße war menschenleer. Aus den Fenstern schauten Leute und riefen aufgeregt: „Dort, dort", und zeigten die Straße hinunter.

Sie rannten los, Masser mit seiner Dienstwaffe in der Hand, die er im Laufen durchlud. Bald sahen sie Blutspuren auf dem Boden, dann die Polizisten, die um eine Mauer in eine Hofeinfahrt schauten.

Die Metzger in ihrer weißen Kleidung standen in sicherer Entfernung.

„Da ist er drin", zeigten sie auf den Hof einer Bäckerei. Die Polizisten sahen nicht sehr glücklich aus. Beide hatten ihre Pistolen in der Hand. Sie berichteten kurz:

Der Bulle sollte geschlachtet werden. Beim Ausladen riss er sich los und stürmte auf die Straße. Dort ging er auf ein Auto los und bekämpfte es erfolgreich. Zum Glück saß niemand darin, man würde im Blech deutlich die Hornspuren sehen.

Die Streife war zufällig in der Nähe, wurde über Funk alarmiert – das hatten Geitberg und Masser mitgehört – und nahm sich der Sache an. Als die Polizisten auf den Stier schossen, ging er auf sie los. Die Männer flüchteten, er lief hinter ihnen her, bis sie sich auf die Hofmauer der Bäckerei retteten.

Zu diesem Zeitpunkt blutete das Tier bereits stark aus der Nase und brüllte ständig. Dann galoppierte es in den Hof der Bäckerei und warf dort die leeren Brotkörbe um. Jetzt stand es im hinteren Teil vor einer Garage und brüllte immer wieder. Manchmal taumelte es leicht, vermutlich machte der Blutverlust ihm zu schaffen. Die Munition war verschossen, guter Rat war teuer.

„An den kommst du nicht mehr ran. Mit der Pistole hast du nur Erfolg, wenn du die Mündung direkt aufsetzen kannst. Geht hier nicht. Wir müssen warten, bis das G3 kommt. Können wir den Hof zumachen, dass er nicht mehr rauskommt?"

Einer der Beamten lief zurück, holte den Streifenwagen und fuhr ihn vor den Hof, rangierte zweimal hin und her, dann war der Ausgang verschlossen. Sie wollten mit Massers Patronen noch einmal schießen, ihre eigenen Vorräte waren ja aufgebraucht. Aber Geitberg ließ dies nicht zu.

Kurz danach hörte man die Sirene eines weiteren Wagens, und im Laufschritt kam ein Polizist mit dem Gewehr zu ihnen.

„Hallo, ich bringe die angeforderte Waffe."

Aber keiner nahm sie ihm ab, alle waren unschlüssig, wer schießen sollte.

Geitberg, selbst ein alter Jäger, half: „Das Zielfernrohr sollte man abnehmen, es irritiert auf die kurze Distanz nur. Wer weiß, wohin er schießen muss?" Betretenes Schweigen bei den Herren.

„Hier, ich zeichne es Ihnen auf."

Geitberg riss ein Blatt aus seinem Notizbuch, zeichnete einen Rinderkopf mit Hals. „Dort muss der Schuss sitzen, mitten auf dem Hals, hinter dem Halsansatz."

Masser nahm die Waffe, zog das Zielfernrohr ab, schob das Gewehr über die Mauer: „So kann ich nicht schießen, ich seh' ihn nur von hinten."

Der Tierarzt rief den Bäckersleuten, die aus den Fenstern des ersten Stocks schauten, zu, sie sollten irgendwas in den Hof werfen, damit der Bulle sich umdrehen solle. Aber dann müssten sie sofort den Kopf einziehen, wegen der Querschläger.

Kurz darauf flog ein großes rotes Kissen in den Hof. Der Bulle drehte sich um und untersuchte das Kissen.

„Schießen, besser kommt er nicht mehr!"

Statt des erwarteten Knalls ertönte nur ein müdes „Klick". „Verdammt, warum geht das nicht los?"

Masser repetierte, eine neue Patrone, wieder nur ein „Klick". Masser fluchte aus Leibeskräften. Gut, dass keine Kinder in der Nähe waren. Die Metzger waren inzwischen dazugekommen. Ein besonders Mutiger wollte sich an den Bullen heranwagen, und ihn mit dem Bolzenschussgerät umlegen. Das wurde ihm aber untersagt, es war zu gefährlich.

Beim dritten Versuch klappte es endlich: Der Schuss krachte und der Bulle fiel um wie vom Blitz getroffen. Der Metzger lief schnell hin und setzte sicherheitshalber den Bolzenschussapparat auf dem Bullenkopf auf. Ein Knall, und die Angelegenheit war endgültig vorbei.

Der Viehwagen kam. Mit einer Seilwinde wurde das tote Tier in den Wagen gezogen, danach in die Metzgerei gefahren, ausgeblutet und zerlegt, wie ursprünglich vorgesehen. Allmählich trauten sich die Leute wieder auf die Straße und gingen vorsichtig um die Blutspur herum.

Die Männer besprachen noch die Angelegenheit, vor allem, warum das Gewehr nicht losgegangen war. An den Patronen war nichts Auffälliges. Es stellte sich heraus, dass seit mehr als fünfzehn Jahren kein Schuss mehr aus der Waffe abgegeben worden war. Vermutlich war das Öl des Schlagbolzens verharzt.

Ein Anwohner kam mit einem Gartenschlauch und spritzte die Blutspur von der Straße weg. Als nichts mehr zu tun war, verabschiedete man sich und ging der nächsten Aufgabe nach. Masser und Geitberg warteten, bis die grünweißen Wagen außer Sicht waren.

Dann gingen sie in der Bäckerei, in deren Hof sich der Bulle geflüchtet hatte, einen Kaffee trinken. Neben der Verkaufstheke waren Stehtische aufgestellt. Während sie ihren Kaffee genossen, hatten sie ihren Spaß daran, zuzuhören, was die Leute sich über die Sensation erzählten und die abenteuerlichen Ansichten, wie sie den Stier gefangen hätten.

Auf der Weiterfahrt hatten sie nicht mehr viel Zeit, sich zu unterhalten. Ihr Ziel, der kleine Ort Kraut, war gleich erreicht. Hier war das Gasthaus „Adler". Dort hatte Peter Bucher gewohnt und mitgearbeitet. Am letzten Samstag war eine Hochzeit gefeiert worden. Gäste wurden krank. Durchfall und Erbrechen. Sie schoben es aufs Essen. Ein Hausarzt hatte das Gesundheitsamt informiert.

Frau Bucher war in der Gaststube, sie kannte die Beamten. In der Ecke saß ein Mädchen, ungefähr vierzehn Jahre alt. Das Kind, es hieß Maria, war auffallend entwickelt. Wäre nicht das Gesicht so jung gewesen, man hätte es für eine junge Frau halten können. Es ging mit gesenkten Augen ins obere Stockwerk, als es von der Wirtin barsch weggescheucht wurde.

„Sie waren doch erst vor kurzem bei mir, da war doch alles in Ordnung. Seid ihr wegen dem Samstag da?“

„Erstmal möchten wir Ihnen zum Tod Ihres Bruders unser Beileid aussprechen.“

Sie erklärten den Grund ihres Besuches und fragten systematisch die Speisen vom Samstag ab. Es war eine normales Essen gewesen: Hochzeitsuppe, gemischter Braten, Spätzle und Kroketten, Eis als Nachtisch. Nachmittags aßen die Leute selbst mitgebrachte Torten und Kuchen zum Kaffee. Zwei Stunden später, kurz vor dem Abendessen sei, es losgegangen. Zuerst wäre die Braut mit wehendem Schleier durch den Saal gerannt. Dann hätte es der Pfarrer eilig gehabt, man habe genau die Reihenfolge sehen können, in der das Essen serviert worden war. Als die Toiletten besetzt waren, seien die Leute in den Garten gegangen. Sie hätte am nächsten Tag viele Stunden putzen müssen, es sei eine Riesensauerei gewesen.

Masser und Geitberg hatten Mühe, ernst zu bleiben. Die Wirtin schilderte die Geschichte sehr realistisch. Das Abendessen hätte sie nicht mehr servieren brauchen. Jetzt streite sie mit dem Brautvater um die Bezahlung.

Nichts als Ärger habe sie mit der „Dünnschisshochzeit“. Für sie sei der Fall klar: Bei den Torten waren viele Sahnetorten dabei. Am Samstag war es schwülwarm, die Leute hätten die Süßigkeiten in den Kühlraum stellen können, wollten das aber nicht. Auf Walters Frage, ob sie wisse, wer die Torten gebacken habe, kam die Antwort: „Die meisten hat Meiers Lise gebacken, die kann das, die betreibt eine Art von Schwarzbäckerei, das macht sie oft, dass sie für Hochzeiten die Kuchen und Torten bäckt."

„Gibt's noch was von den Kuchen?"

„Ich hab' alle in den Mülleimer geworfen, da liegen sie noch."

Als sie den Mülleimer öffneten, quoll ihnen übler Gestank entgegen.

„Aus dem Material können wir keine ordentlichen Proben für das Labor ziehen. Sind sonst noch Lebensmittel vom Samstag da?"

„Kommen Sie mit, wir schauen mal, ob's noch was gibt." Masser nahm Proben von dem gemischten Braten und den Spätzle.

Geitberg sah inzwischen zum Fenster hinaus. Er beobachtete, wie sich ein Auto näherte, und, als der Fahrer den Zivilwagen mit Behördennummer sah, umdrehte und eilig davon fuhr.

„Hoi, da hat einer Angst vor der Polizei. Mario, wenn du willst, lass doch mal die Nummer überprüfen."

Die Wirtin schaltete sich ein:

„Den kenn ich, das ist ein Seifenvertreter, der wollte bloß für eine halbe Stunde zu Maria . . ."

Sie schlug sich mir der Hand auf den Mund, als hätte sie was ausgeplaudert, was die Beamten nicht hören sollten. „Ich meine, das ist ein Freund von Maria, der wollte sie besuchen, da ist doch nichts dabei."

„Die Maria, ist das Ihre Tochter?"

„Nein, das ist mein Ziehkind, die gehört eigentlich woanders hin. Die lebt hier bei mir, weil sie es zuhause nicht mehr ausgehalten hat."

„Wie alt ist die Maria?"

„Sechzehn, glaub ich."

„Dann hat sie aber einen wesentlich älteren Kerl zum Freund, das ist komisch." Die Beamten ließen die Sache auf sich beruhen und schrieben auf, was zu der Lebensmittelvergiftung zu notieren war. „Wie geht's jetzt weiter?“ wollte die Wirtin wissen.

„Wir schicken die Proben ins Labor, da kommt aber nichts raus. Ich denke, dass Sie mit Ihrer Vermutung Recht haben, dass die Torten schuld waren. Die zwei Stunden zwischen Verzehr und Auftreten der Erkrankung lassen auf eine Staphylokokken–Infektion schließen, das sind Eitererreger. Haben Sie zufällig bemerkt, ob Frau Meier eine Wunde an der Hand hatte?“

„Aufgefallen ist mir an den Händen nichts, aber am Unterarm hat sie ein Ekzem, lauter rote Stellen.“

„Na, prost Mahlzeit. Da müssen wir mal hinfahren. Besser, wir nehmen gleich einen Arzt vom Gesundheitsamt mit. Wenn wir das Ergebnis vom Labor bekommen, rufen wir noch einmal an. Inzwischen sollten Sie alles Geschirr noch einmal gründlich reinigen und desinfizieren, und natürlich die Toiletten.“

Die Herren verabschiedeten sich gerade auf dem Parkplatz, als hinter ihnen der Kies knirschte. Auf einem klapprigen Fahrrad kam der Dopferjodler angefahren und sah so aus, als wäre es ihm nicht recht, den beiden Männern zu begegnen. Die Wirtin hatte die Beamten auf den Parkplatz begleitet. Sie fauchte ihn sofort an:

„Du hast hier nichts mehr zu suchen. Die Maria kommt auch ohne dich zurecht. Schau, dass du weiterkommst.“

Und den Männern erklärte sie:

„Achten Sie nicht auf den alten Trottel. Der hat seine Vatergefühle für Maria entdeckt. Aber in Wirklichkeit will er was von ihr, die bleibt hier.“ Sie scheuchte den Dopferjodler mit so üblen Beschimpfungen weg, dass es selbst Geitberg und Masser zu viel wurde. Sie stiegen ins Auto und versuchten den Radfahrer einzuholen. Offensichtlich war er aber gleich abgebogen. Sie konnten ihn nicht mehr finden.

„Hast du mitgekriegt, was da läuft?“ fragte Geitberg Masser.

„Sieht so aus, als wollte der Seifenvertreter ein Schäferstündchen abhalten, mit der Maria, die wahrscheinlich jünger ist, als die Alte sie ausgibt. In der Dienststelle werde ich mal der „Sitte“ einen Tipp geben. Die kümmern sich sicher darum.“

„Schade, dass wir den Dopferjodler nicht mehr erwischt haben. Ich hätte ihn gerne nach der Ohrmarke gefragt.“

„Den werden die Kollegen demnächst sowieso vorladen und ordentlich ins Gebet nehmen. Wahrscheinlich kriegt er heute die Vorladung, dann frag' ich ihn nach der Ohrmarke.“

„Wieso wird der vorgeladen? Das ist doch ein gutmütiger alter Trottel, der keiner Fliege etwas zuleide tut?“

„Nur als Zeuge. Der weiß sicher mehr, was auf dem Hof vom Grommer passiert ist, als er bisher erzählt hat. – Eigentlich darf ich es dir nicht erzählen, aber ich verlass' mich auf dich.“

Masser holte tief Luft:

„Also beim Tod vom Bucher hat wahrscheinlich einer nachgeholfen. Die Pathologen haben rausgekriegt, dass der Gabelstich von vorne oben eingedrungen ist. Ein Unfall ist so gut wie ausgeschlossen. Das sieht so aus, als hätte wer den Bucher erstochen.

Die Gabel muss ihm einer oder eine mit großer Wucht von oben in die Brust gestoßen haben. Sie sagen, es wäre auch möglich, dass sie geworfen wurde.

Und noch etwas: Es gab einen anonymen Anruf bei der Dienststelle. Der Anrufer sagte, der Bucher sei ein übler Kerl gewesen, der habe Leute erpresst. Um den sei's nicht schade.“

„Habt Ihr den Anrufer?“

„Nein, auf der Wache haben sie noch kein digitales Telefon, und er hat sicher seine Stimme verstellt. Keine Chance, an ihn ranzukommen.“

„Das passt doch wunderbar. Grommer hat ihn umgebracht. Bucher weiß, was Grommer alles anstellt und erpresst ihn. Der kriegt den Hals voll und sticht ihn ab – bingo!“

„Na, so einfach geht das nicht. Wir wissen nicht, ob Grommer etwas wirklich Kriminelles angestellt hat. Der hat zwar ein ellenlanges Vorstrafenregister, aber nur kleine Vergehen. Nichts, was einen Mordverdacht rechtfertigen könnte."

„Dem trau' ich alles zu. Der könnte Tierkörpermehl aus der Schweiz holen. Der könnte mit Arzneimitteln handeln. Der könnte tote Kühe verschwinden lassen. Jähzornig ist er auch, denk an den rasierten Hippie, . . ."

„Wenn du noch einmal „könnte" sagst, werf' ich dich aus dem Auto. Wir brauchen Beweise. Und mit deinen vergrabenen Kühen kannst du mich mal, eine Blamage reicht."

Geitberg unterbrach das Gespräch, sie fuhren gerade durch einen Wald.

„Fahr mal rechts ran, in den Waldweg da. Ich muss mal, der Kaffee wirkt."

„Passt, mich drückt's auch schon."

Der eine verschwand rechts, der andere links im Wald.

Masser war bald wieder am Wagen, Geitberg ließ auf sich warten. Nach ein paar Minuten wurde Masser ungeduldig.

„He, Walter, läufst Du aus?" rief er. Aus der Ferne kam die Antwort:

„Komm mal her, ich muss dir was zeigen." Masser folgte dem Ruf, stolperte über Äste und stand bald neben seinem Freund, der am Rand eines Windwurfes auf das Gewirr der umgestürzten Bäume starrte.

„Was siehst du hier?" fragte Walter.

„Na was wohl, einen Windwurf, wahrscheinlich Folgen des Sturms Lothar. Eine Schande, dass das Holz noch nicht aufgearbeitet ist. Der Borkenkäfer wird sich freuen, die benachbarten Waldbesitzer nicht."

„Ich meine die Wurzelteller, die ein paar Meter in die Luft ragen. Wirf da eine Kuh darunter, schneid' den Baum ab. Der Wurzelteller klappt um, die Kuh ist zugedeckt wie mit einem Topfdeckel. Da kommt keiner drauf, das fällt keinem auf. – Bleib ruhig, nicht aufregen, das bekommt Dir nicht."

Masser hatte bei dem Thema einen roten Kopf bekommen und hob abwehrend die Hände.

„Nicht aufregen, ich mach Dir einen Vorschlag. Was hältst Du von einer Wette? Ihr überfliegt mit einem Polizeihubschrauber mit Wärmebildkamera den Wald von Grommer. Wenn's schief geht, lade ich Dich mit Deiner Frau zum Essen ein, ganz groß."

Masser schüttelte nur noch den Kopf und ging zum Wagen zurück, dabei brummelte er vor sich hin: „Dem ist nicht mehr zu helfen. Ich sollt's fast machen, damit ich wieder mal was Ordentliches zum Essen bekomme, meine Frau würde sich sicher auch freuen."

Die Lebensmittelproben vom Gasthof Adler mussten dringend zum Versand fertiggemacht werden. Sie durften nur gekühlt transportiert werden, das war eilig. So fuhren sie zu ihren Dienststellen zurück, schweigend, jeder hatte genug zu grübeln.

Am Nachmittag versuchte der Veterinär herauszufinden, wo die Kuh war, deren Ohrmarke ihm der Dopferjodler gegeben hatte. Er nahm Kontakt mit dem Kollegen im Nachbarkreis auf. Der war gerade in der richtigen Gegend und fuhr bei nächster Gelegenheit auf den Hof, auf dem die Kuh gemeldet war. Nach zwei Stunden rief er über Handy zurück: „Hallo Walter, ich bin gerade, wie gewünscht, auf dem Betrieb und habe nach deiner Kuh gefragt: Sie ist nicht mehr hier, sie ist an einen Viehhändler Grommer gegangen, der ist doch bei dir in der Gegend. Dort sei sie jetzt. Er habe sie im HIT nicht abgemeldet, weil sie wieder zurückkommen soll. Irgendwas ist hier faul, du solltest mal bei Grommer nachforschen. Ich hoffe, ich konnte dir helfen, Tschüss."

Geitberg bedankte sich für die schnelle Erledigung seiner Bitte und hängte auf. Es war später Nachmittag geworden und er verschob die Sache auf den nächsten Morgen.

Als Geitberg nach Hause kam, erzählte ihm seine Frau, dass ein Bauer dreimal angerufen habe. Er wolle den Veterinär dringend sprechen, hätte aber weder seinen Namen noch sein Anliegen genannt. Später, nach dem Abendessen, machte das Ehepaar noch einen großen Spaziergang. Sie unterhielten sich über ihre

Kinder. Aber Geitberg hatte den Kopf nicht bei der Sache. Seine Frau reagierte ärgerlich wegen seines mangelnden Interesses. Sie bemerkte bald, dass er ihr nicht zuhörte. Schweigend kamen sie nach Hause, es war schon dunkel. Im Briefkasten lag ein Brief, ohne Absender, er war an Dr. Geitberg adressiert.

Die Kinder lagen schon im Bett, kamen aber noch einmal aus ihren Zimmern, als sie hörten, dass die Eltern heimgekommen waren. Sie erzählten, jemand habe geklingelt, sei aber mit einem Auto weggefahren, bevor sie öffnen konnten. Der älteste Junge war stolz. Er hätte den Wagen gerade noch gesehen, als es wegfuhr. Ob sie das Auto gekannt hätten. Nein, es sei eine alte rote Klapperkiste gewesen, erklärte der Junge. Der Auspuff sei heruntergehangen und habe auf der Straße gekratzt.

„Wer war denn drin?" – „Ein Mann und eine Frau, oder ein Mädchen. Ich kenne sie nicht."

Geitberg war unruhig geworden. Er hielt den Brief ungeöffnet in der Hand. Seine Frau setzte sich durch: „Wenn du jetzt noch den Brief aufmachst, bin ich für heute mit dir fertig. Ich will einen Ehemann im Haus, der für mich da ist."

Geitberg legte den Brief ungeöffnet auf das Kästchen neben der Türe, um ihn am nächsten Tag nicht zu vergessen. Er bemühte sich, seiner Frau aufmerksam zuzuhören. Bald gingen sie zu Bett. Trotzdem ging ihm der Brief nicht aus dem Kopf. Als er an den tiefen Atemzügen merkte, dass seine Frau eingeschlafen war, schlich er vorsichtig aus dem Schlafzimmer, holte sich den Brief und schloss sich in seinem Büro ein. Der Brief roch nach Kuhstall und war zugeklebt. Geitberg öffnete mit einem Brieföffner und las mit wachsender Angst. Es war in krakeliger, ungeübter Schrift die Geschichte von einem einsamen Mann und einem Mädchen, von unglücklicher Liebe:

„Lieber Walter!

Wenn Du diesen Brief liest, sind wir schon tot. Die Polizei holt mich morgen, das halt ich nicht aus. Dem Peter geschieht es recht, er war ein Schwein. Er ist schuld, dass Maria in dem Elend lebt. Ich wollte sie herausholen, auf meinen Hof, da hätte sie es gut gehabt, wie meine Tochter. Er hat es nicht zugelassen, sie hat viel Geld mit den Männern gebracht. Er hat mich verspottet und gesagt, ich sei nur geil auf die Kleine. Da hab' ich so eine Wut gekriegt, dass ich ihn erstochen hab'. Ich hab's nicht gewollt, aber er hat's verdient. Maria kommt mit mir in den Himmel.

Leb wohl

Jakob"

Geitberg fiel ein, dass der Dopferjodler mit Vornamen Jakob geheißen hatte. Ein Nachsatz kam noch:

„*Der Grommer ist ein Lump, er versteckt tote Kühe im Moor und verkauft ihre Ohrmarken an Andere.*"

Geitberg lief es heiß und kalt durch den Leib. Er rief sofort bei Masser an, es war fast Mitternacht.

„Bitte, bitte nimm ab."

Es tutete lange. Dann meldete sich eine verschlafene Männerstimme.

„Masser, wer zum Teufel holt mich aus dem Schlaf."

Geitberg sprudelte:

„Hier ist Walter, ich hab' hier einen Brief. Von Dopferjodler. Er schreibt, er habe Peter Bucher umgebracht. Er will mit Maria Selbstmord begehen. Wir müssen sofort hin."

Masser war blitzartig hellwach.

„Ich komm' sofort mit einem Streifenwagen vorbei, wart' auf der Straße auf uns." Geitberg schlüpfte vor Aufregung zitternd in seine Kleidung, zog sich Gummistiefel an und nahm aus seinem Auto eine starke Taschenlampe mit. Er stand kaum auf der Straße, als auch schon mit Blaulicht ein Polizeiauto herangeschossen kam. Zum Glück ohne Martinshorn, die ganze Straße wäre aufgewacht. Die Männer begrüßten sich kurz, dann zeigte Geitberg den Brief. Er wurde im Licht einer Leselampe sorgfältig studiert, während der Wagen durch die Nacht schoss. Das Blaulicht tauchte ihre Umgebung in flackerndes Licht.

Masser erzählte: „Grommer haben wir heute verhaftet. Deine Idee mit der Wärmebildkamera war gut. Wir haben mehrere verdächtige Stellen gefunden. Als wir ihm erklärten, dass wir dort graben würden, hat er alles zugegeben. Ich dachte bis jetzt, er habe Bucher getötet. Das ist jetzt anders."

Allmählich näherten sie sich Dopferjodlers Anwesen. Hart bremsend kamen sie im Hof zu stehen. Alles war totenstill. Auf Hupen und Rufen antwortete nur das Echo vom nahen Wald. Ein Käuzchen schrie, hoch droben brummte ein Nachtflugzeug.

Der Hund kläffte kurz im Zwinger, verstummte. Im Stall klirrten leise die Ketten der Tiere. Die Haustüre war nicht zugesperrt. Sie verteilten sich. Einer durchsuchte den Keller, einer den ersten Stock, einer den Stall, die Tenne, das Heulager. Sie leuchteten mit dem Suchscheinwerfer die Umgebung ab – nichts war zu sehen.

„Lass den Hund frei, vielleicht sucht der seinen Herrn!"

„Und wenn er beißt?"

„Dann erschießt ihn, aber der ist harmlos, ich war schon mal da, der tut uns nichts."

Kaum war die Zwingertüre auf rannte er winselnd zum Wald. Er war so schnell weg, dass niemand folgen konnte.

„Den hätten wir an die Leine nehmen sollen, horcht!"

Von weit her hörte man aus dem Wald ein unheimliches Jaulen.

„Sollen wir hinterher?"

„Unmöglich, da könnt ihr nachts nicht rein, das ist tiefes Moor, da ist es lebensgefährlich." – „Sagt mal, hinter dem Wald ist ein rötlicher Schein, seht Ihr den auch? Heut' ist doch Neumond, da brennt's doch nicht etwa!"

„Schnell, schnell, auf den Hügel, von dort kann man ins Moor sehen."

Sie sprangen in den Wagen, fuhren mit offenen Türen an, rasten durchs hohe Gras der Wiese, dass die abgerissenen Halme prasselnd über die Kühlerhaube flogen und kamen oben schleudernd zum Stehen. Was sie sehen mussten, ließ keinen Zweifel zu: „Denen hilft keiner mehr. Gott sei ihnen gnädig."

Deutlich sah man den brennenden Wagen, rundherum brannten Gras und Büsche im Moor. Über Funk wurde Hilfe herbeigeholt. Die Feuerwehr brauche scheinbar eine Ewigkeit, in Wirklichkeit war sie in wenigen Minuten da. Über die Leitstelle nahmen sie Verbindung auf und lotsten vom Hügel aus den Löschwagen zur Brandstelle. Einer der Streifenbeamten war aus der Gegend und kannte die Waldwege. Man fand den Weg, aber es war zu spät. Sie fuhren zur Brandstelle.

Als die Flammen gelöscht waren, sah man die Reste eines Schlauches vom Auspuff ins Wageninnere führen, zwei unkenntlich verbrannte Leichen, ganz klein zusammengeschrumpft, wie Kinder, eng umschlungen. Wahrscheinlich hatte der heiße Auspuff das trockene Moorgras entzündet. Vermutlich waren sie schon bewusstlos, als die Flammen sie einkreisten. Hier war nichts mehr zu tun, Geitberg ließ sich vom Streifenwagen heimfahren, keiner sprach ein Wort.

Als er zu Hause war, holte er sich im Keller eine Flasche schweren Rotweins. Seine Frau fand ihn im Büro vor der halbleeren Flasche, hemmungslos weinend. Zwei Tage blieb Geitberg zu Hause und bemitleidete sich. Am Abend des zweiten Tages besuchte ihn Masser. Die Freunde unterhielten sich über die Vorfälle. Zum Schluss erklärte Masser, der sich um die Niedergeschlagenheit seines Partners Sorgen machte:

„Und morgen gehst du wieder zur Arbeit, sonst trete ich dir in den Hintern, damit du tatsächlich Grund zum Jammern hast. Ich hol' dich um neun Uhr an der Dienststelle ab. Keine Widerrede!"

Danach verabschiedete er sich schnell. Er konnte sich kaum das Lächeln über Walters verdutzte Miene verkneifen. Aber das war genau die Medizin, die Geitberg brauchte. Er stürzte sich in die Arbeit und nach einigen Tagen war er wieder weitgehend hergestellt.

Ungefähr ein viertel Jahr später waren die Freunde wieder unterwegs. Masser berichtete, dass Nazwein wegen guter Führung vorzeitig entlassen worden war. – „Ob der wieder Tiere hält, trotz Verbot?"

„Komm, wir haben heut' keine Eile, wir schauen schnell mal nach, das ist kein großer Umweg."

Auf dem Hof war alles still, die Natur hatte sich wieder einen Teil des Geländes zurückerobert. Die Stalltüre ließ sich öffnen, der alte Mistsee war eingetrocknet und bedeckte den Stallboden wie eine schwarze Teerschicht. Einzelne Grasbüschel hatten sich angesiedelt.

„Hier ist niemand und schon gar keine Rinder. Wir können weiterfahren."

Kurz danach mussten sie einem Traktor ausweichen. Sie stoppten den Fahrer – Geitberg war schon öfters bei ihm auf dem Hof gewesen – mit Handzeichen. Es war ein entfernter Nachbar von Oskar.

„Hallo, nicht erschrecken, wir wollen nichts von Ihnen, nur eine Frage. Haben Sie eine Ahnung, wo der Nazwein abgeblieben ist?"

„Nicht genau, aber man sagt, er wohne jetzt in Webersdorf. Hier habe ich ihn schon lange nicht mehr gesehen. Hat er denn schon wieder was angestellt?"

„Nein, nein, wir wollten bloß schauen, ob er wieder Vieh hält."

„Nein, ich hätte das wahrscheinlich bemerkt, eine meiner Wiesen geht fast bis zu seinem Hof. Ich war neulich dort."

„Vielen Dank für die Auskunft. Ade!"

Die beiden im Auto sahen sich an. „Denkst du, was ich denke?"

„Ich glaub's nicht, da hätten sich Not und Elend gefunden, aber viele Möglichkeiten gibt es dort bei den paar Häusern nicht. Da fahren wir hin, das muss ich sehen."

Der Weg nach Webersdorf war nicht weit. Sie stellten ihren Wagen vor dem Hof von Frau Weiler ab. Das Gerümpel lag noch unverändert um den Hof. Auch der Spitz war noch da. Aber irgendwie sah es etwas besser aus: Die Fenster waren geputzt, an den Scheiben hingen Gardinen. Und, als sie um das Haus herum gingen, fiel als erstes ein ganz korrekt aufgetürmter Misthaufen auf, der Stolz eines Bauern. Aus einem neuen Stallfenster schaute Winnetou heraus, das Fell war einigermaßen gepflegt. Als sie in den Stall hinein wollten, kam ihnen ihr alter Bekannter Oskar Nazwein entgegen, stützte sich auf seine Mistgabel und grinste auf die Beamten hinab.

„Was wollt ihr denn hier? Die Tiere gehören alle der Crescentia, die gehen euch nichts an, ich habe kein Vieh mehr."

„Aber anschauen dürfen wir sie doch", drängten sich die beiden um ihn herum und setzten ihren Weg fort. Neben Winnetou stand die Alte und legt ihre Arme um den Hals des Pferdes.

„Täglich wird er geputzt und gestriegelt", erzählte sie stolz, „Oskar wohnt jetzt hier, da habe ich viel mehr Zeit." Das Zusammensein schien den beiden und ihrem Vieh gut zu bekommen. Es gab nichts zu beanstanden, und selbst ihre Kleider sahen passabel aus. Nur die Unordnung um den Hof herum hatte sich nicht geändert.

„Alles in Ordnung, bis zur nächsten Kontrolle, auf Wiedersehen!"

Es war ein warmer, trockener Tag. In der nächsten Waldlichtung fuhren die Beamten ein paar Meter in einen Waldweg. Sie setzten sich auf einen alten Baumstamm, von dem die Rinde schon lange abgefallen war und unterhielten sich über die Vorfälle, die sich ereignet hatten.

„Hättest du das für möglich gehalten, dass die zwei sich finden? Aber wo die Liebe hinfällt! Wo mögen sie sich wohl kennen gelernt haben?"

„Keine Ahnung, aber ich wollte dich schon längst mal fragen, was aus der Sache mit Grommer geworden ist. Ihr musstet ihn ja gleich wieder freilassen. Ich hab ihn seitdem ein paar Mal fahren sehen."

„Der Grommer hat für das Verbuddeln der Kühe eine ordentliche Strafe gezahlt, aber das hat ihn sicher nicht geändert."

„Weiß man eigentlich, wer für das Tiermehl verantwortlich war, das wir damals gefunden haben?"

„Nein, man konnte dem Hocker nichts nachweisen. Wahrscheinlich kam es über Liechtenstein und die Schweiz als Milchpulver über die Grenze. Wir haben es längst verbrannt. Aber seine Strafe hat er so oder so bekommen. Der hat wegen der Arzneimittel ordentlich geblecht.

Aber dass Nazwein und die Weiler sich gefunden haben, und dass das gut geht, das hätte ich nie geglaubt. Bloß mit dem Befolgen der Gesetze wird es auch weiterhin nicht klappen, wollen wir wetten?"

„Ich bin deiner Meinung, mit denen werden wir noch viel Spaß haben. Ich glaube, in diesem Job wird es einem nicht so schnell langweilig."

Sie blinzelten in die Sonne und fuhren zum nächsten Fall.